I.F.7109

Et qu'on n'en parle plus

© XO Éditions, 2009
ISBN : 978-2-84563-405-3

Michel Sardou

Et qu'on n'en parle plus

autobiographie

*Pour ma femme,
depuis toujours
et pour toujours*

Bagatelle fut le nom de guerre de ma grand-mère lorsqu'elle sévissait dans la troupe des « Petites Femmes de Paris ». À l'opposé des Bluebell Girls – grandes blondes tout en plumes – les petites femmes se montraient en frac, guêpière, jarretelles fleuries, évidemment en bas résille, montées sur talons aiguilles rouges et couvertes d'un chapeau claque. Son heure de gloire fut une interprétation de Cupidon où elle apparaissait suspendue en haut du Casino de Paris, entièrement nue. À l'époque, on n'avait pas l'habitude.

Elle est morte sur un banc du commissariat de la Trinité. Elle s'était fait embarquer, non sans mal – il fallut des renforts et le panier –, après avoir injurié un flic en criant « Mort aux vaches ! » tout en lui montrant son cul au beau milieu de la circulation. J'étais sur une radio pour une émission dont j'ai oublié le nom. Elle demanda qu'on m'appelle puisque j'étais son seul petit-fils, personne ne voulut la croire. Elle faillit repartir de plus belle mais préféra s'allonger...

C'était une gentille alcoolo, Bagatelle ; elle avait la cuite rigolote et inoffensive. Je la sentais basculer au fond du verre par ses maladresses quand elle me gardait : elle sucrait ma soupe et salait mon dessert ; si j'avais l'audace de le lui faire remarquer, elle claquait la porte et s'en allait cuver dans une chambre qui n'était jamais celle qu'on lui avait réservée... Et puis elle oubliait. En ce temps-là, elle fréquentait encore ma mère.

Enfant, tous les dimanches je descendais jusqu'en bas de la rue Blanche pour déjeuner chez elle. Une petite chambre au septième avec un coin cuisine et un minuscule balcon qui donnait sur le square où elle était chaisière. Elle rangeait ses économies dans une boîte à café. J'y allais

Et qu'on n'en parle plus

en traînant les pieds puis, devenu garçon, j'ai oublié de m'y rendre. Elle ne me l'a jamais reproché. Moi, si.

Pourquoi ma grand-mère vient-elle en premier dans mes souvenirs ? Sa mort sans doute. J'ai rencontré le flic qui ne l'avait pas crue ; un ventru graisseux se répandant comme une flaque en excuses balbutiantes. J'ai pensé qu'elle avait eu raison de lui montrer son cul.

Peut-être aussi que le peu de chose qu'elle m'a confié sur sa vie m'a plu ? J'aime les existences désordonnées. La sienne n'aura été qu'une longue suite d'échecs joyeux. Elle aimait les hommes mais refusait de s'en attacher un ; et par-dessus tout, elle ne voulait pas d'enfants ! Un soir, lassée de refuser, elle a couché avec le seul qu'elle n'aimait pas et il lui a fait Jackie. Elle l'a viré de sa vie avec fracas et s'est mise à ingurgiter deux litres de vinaigre par jour en espérant que ça ferait « passer » maman. Pour ceux qui ont connu ma mère, le vinaigre était loin d'être suffisant. Nous n'avons jamais su d'où sortait mon grand-père. Le seul commentaire fut : « Un sale con »… rideau !

Et qu'on n'en parle plus

Mère et fille se sont déchirées toute leur vie. J'en ignore la vraie raison. Ou alors le vinaigre ? Un soir où nous dînions seuls ma mère et moi dans la cuisine, j'évoquai la question et sa réponse me transperça :

— *Elle m'a fait sauter par la fenêtre.*

J'en ai crevé mes œufs au plat. J'attendis un développement, mais plus un mot. Elle parlait d'autre chose. Je me rendis tout de même compte que dans sa tête ça faisait son chemin. Je l'ai raccompagnée chez elle, derrière le palais des Congrès, et juste avant de sortir de la voiture, elle me lança un jet d'acide sur ma vie privée qu'elle considérait comme un désastre.

— *Tes histoires de cul ne me regardent pas, mais tu as voulu une famille ! Et malgré moi, je te rappelle.*

Comme toujours, je la priai de se mêler de ses oignons. En rentrant, souhaitant trouver une explication à ce curieux suicide qui ne l'avait pas tuée, je me mis à fouiller mes étagères en quête du livre qu'elle avait publié d'après les Mémoires inachevés de mon père. Et puis non. Je me suis arrêté net. Ça ne m'avait pas plu

Et qu'on n'en parle plus

qu'elle écrive ce livre. Mon père l'avait commencé non pas pour le publier mais pour mieux se parler à lui-même. Elle avait récupéré les feuillets, les achevant à sa manière. Éluder serait plus juste. Pour faire court : sa vie à lui sans elle, sa jeunesse, ses amours, ses amis, même ses parents, au trou ! Ce qui fait qu'à la lire ils avaient vécu cinquante ans ensemble sans une ombre au tableau. Moi j'en avais vu des ombres, et des belles...

Un soir, près de Saint-Étienne, une femme me fit porter une lettre en coulisse. Elle était de mon père. Je ne pouvais pas me tromper sur sa signature. Il annonçait à un certain Paul la naissance de son premier petit garçon. Sur le coup, j'ai cru qu'il parlait de moi et puis je suis tombé sur la date : 12 juin 1942. J'avais un frère aîné ! Personne ne retrouva cette femme.

— Puisque mes histoires te turlupinent, tu pourrais peut-être me parler de mon frère ?

Ce fut à l'occasion d'un autre dîner, cette fois-ci chez elle.

Je n'ai jamais eu la curiosité de connaître mes parents. Nous vivions ensemble, nous

nous aimions, on s'inquiétait de la santé des uns et des autres, mais jamais nous ne franchissions cette limite imaginaire derrière laquelle se posent les questions personnelles. Je ne savais que ce qu'ils montraient d'eux-mêmes et c'était pareil pour moi. Nous étions trois reflets à partager une vie commune. Avec l'âge, je découvris la technique du contrepoint. Je retournai la médaille. Quand mon père se montrait réservé et distrait, je sentais qu'il voyait et entendait tout, et que son détachement apparent dissimulait une colère froide. Quant à ma mère, ses coups de gueule fréquents cachaient une tendresse énorme ou bien le chagrin lointain d'être passée à côté d'une autre vie. À tour de rôle, le plus chiant des deux était toujours le plus gentil.

La première maison de ma vie se trouvait au 12 de la rue Fontaine. En face de « La Cabane Bambou » et à côté du « Chalet suisse ». La Cabane Bambou était une boîte de nuit qui, à l'occasion et seulement pour les habitués, faisait

Et qu'on n'en parle plus

un peu bordel, et le Chalet, le rendez-vous des amateurs de Picon bière. Bagatelle y avait sa table. Son besoin de se piquer la ruche découlait probablement du vinaigre. Je devais avoir trois ou quatre ans, mais je me souviens précisément de cet endroit. Notre appartement était au fond d'une cour, je ne sais plus à quel étage, en tout cas suffisamment haut puisque, de la fenêtre, j'avais jeté tous les bijoux de ma mère pour les voir exploser en bas sur le toit du réduit à poubelles. Le matin même, elle avait prévenu mon père que ce serait elle qui prendrait en charge mon éducation. À ses yeux il en était incapable...

On en revint à mon « frère ».

— *Ton père était comme toi. Aucune volonté ! Il a sauté une pétasse quand il était en tournée dans le coin, et elle lui a fait croire que le gosse était de lui !*

— Mais en 41, maman, tu n'étais pas avec papa.

Elle marqua un temps et puis :

— *J'ai fait des pâtes aux moules...*

Et qu'on n'en parle plus

Elle était comme ces auteurs dramatiques qui prévoient toujours une réplique de sortie. Elle revint avec un plat pour douze convives alors que nous n'étions que tous les deux.

— *C'est vrai qu'en 41 nous n'étions pas ensemble. Mais on l'avait déjà été ! Et puis il n'a jamais su garder un secret. Tu m'écoutes ?*

Non je n'écoutais plus. Combien d'années avons-nous vraiment passées ensemble ? Quelle espèce de famille avons-nous été ? Eux en tournée, moi, petit en nourrice et plus tard en pension, on pourrait presque compter sur les doigts. N'y voyez aucun détachement ni aucune indifférence, un choix. Je me demande même s'ils avaient choisi ? C'était le métier. Je l'apprendrais à mon tour beaucoup plus tard. Quand lui avait besoin de calme, il peignait des chevaux ou des petits bateaux, elle, elle déménageait. Quant à moi...

— *Il ne pouvait rien faire tout seul. Quand il s'achetait des pompes, il me téléphonait pour savoir du combien il chaussait.*

Et qu'on n'en parle plus

Elle était parvenue à ce qu'elle voulait : on ne parlait plus de mon frère... Je revins à la charge une dernière fois, juste pour voir :

— Il a bien su se débrouiller sans toi, avec la Stéphanoise.

— *Finis ton assiette, tu n'as rien mangé...*

Je me rends compte que moi non plus, je ne connais pas ma pointure. C'est toujours ou trop grand ou trop serré. Ma femme les achète à ma place...

Mon père et moi n'aurons eu en tout que deux conversations d'homme à homme. Je ne compte pas les banalités ordinaires et quotidiennes. La première à Vichy, où il se produisait pour la saison d'été. J'avais passé la nuit dans une chambre d'hôtel, avec deux des danseuses de la revue qu'il avait écrite. Ma première expérience sexuelle.

— Je te félicite. Tu veux fumer ?

Et il me lança un paquet de Gauloises bleues.

— Tu y es pour quelque chose, papa ?

— Je ne me serais pas permis. Mais un doublé pour une première fois est assez rare pour être salué.

Et qu'on n'en parle plus

La deuxième dans un bureau qu'un commissaire de police avait mis à sa disposition suite à mon arrestation à Orly.

— Puisque tu ne supportes plus les contraintes d'une éducation scolaire, tu débuteras au cabaret demain soir. Ne saute pas de joie, tu seras mal payé. Et n'oublie pas de remercier le commissaire Machin, ça aurait pu te coûter plus cher.

Avec ma mère je n'en eus qu'une seule. Et c'est maintenant.

— *Tu as envie d'un dessert ? Ou le café tout de suite ?*

Je ne sais plus rien de ma petite enfance. D'ailleurs que peut-il en rester ? On dort tout le temps. Une manie, paraît-il, de jeter mes chaussons par-dessus mon landau quand ma mère traversait la chaussée à l'orange... Mes souvenirs personnels commenceront avec la rue Blanche. Cette rue Blanche où je devais débuter des années plus tard au Théâtre de Paris. Un théâtre dans le hall duquel trônait un grand tableau représentant l'arrière-grand-mère de ma femme Anne-Marie, Réjane, en déshabillé très ouvert. Un demi-nu magnifi-

Et qu'on n'en parle plus

que dans le genre pompier. Quand on dit que tout est rond... Elle montrait volontiers ses fesses, l'arrière-grand-mère, on les retrouve encore dans le restaurant de la gare de Lyon. Celles-ci sont un peu plus Ingres.

Entre six et douze ans, j'ai vécu dans la Meuse. À Kœur-la-Petite. Autant dire nulle part. Juste un train, une fois par semaine, qui ne s'arrêtait pas toujours. J'habitais chez Marie, ma nounou de la rue Fontaine, sa maison se trouvait juste en face de l'école. J'y ai appris à lire, à écrire, à compter et à basculer le passage à niveau. J'ai su très vite décapiter les volailles, vider les cochons et écorcher les lapins. J'avais un élevage de grenouilles dans ma chambre et déjà la passion du fromage de chèvre. Spécialement celui que faisait sécher Marie dans des bas Nylon avec couture à l'arrière. Je n'en ai plus jamais mangé de si bons. J'ai aussi rencontré mon premier grand amour. Un petit ange blond sauvage, des forêts et des champs. Malheureusement, je l'ai revue...

— Où en es-tu dans ta vie ?

— Je n'en suis plus, j'en sors, maman.

— Qu'est-ce qui t'a pris, aussi, de te marier à dix-huit ans ?

Ceux de ma génération comprendront. J'avais passé mon adolescence en pension. Si bonnes qu'elles fussent, comme celle du Montcel à Jouy-en-Josas, où les profs étaient de vrais acteurs qui jouaient leurs cours à la perfection, elles n'en demeuraient pas moins des établissements très réglementés avec une hiérarchie pesante. Une règle de vie qui à la longue m'a fait péter un câble. Ne plus avoir à rendre compte, ne plus avoir à demander, ne plus être dépendant, ne plus être un enfant devint une obsession permanente. En me mariant, je m'émancipais.

Quelle découverte, mais aussi quel gâchis. Un désir de chair, une suavité de peau, l'illumination du fruit tant attendu. L'acte cent fois répété jusqu'à épuisement ; la nécessité d'aller encore plus loin ; de trouver plus fou que le geste : les mots.

Et qu'on n'en parle plus

S'entendre prononcer à haute voix des pensées redoutables que l'autre accepte et répète à son tour en promettant à bout de souffle de se soumettre à tout, de se soumettre toujours...

Le sexe est au mieux une évasion, pas une liberté. Que devient l'amour une fois l'amour fini ? À quoi sert cette liberté dont on ne sait que faire ? On ne vit pas d'être libre et d'aimer. Il faut vivre. Dix-huit ans ! Je n'en avais pas les moyens. Je passais mes journées dans les bureaux d'une maison d'édition musicale où je tentais en vain des adaptations de chansons étrangères. À cette époque, la règle était qu'il fallait copier l'Amérique. Le soir, j'animais les dîners-spectacles des cabarets de Montmartre. Ils s'appelaient : « Chez Patachou » ou bien « Le Tire-bouchon ». J'étais un peu serveur dans celui de mon père. C'était loin d'être suffisant. Et puis mes parents durent l'abandonner, eux par manque d'argent. C'est Françoise, ma femme, qui nous sauva la vie. Elle était ravissante et dansait à merveille. Pour me permettre de poursuivre mon travail d'écriture et mes

Et qu'on n'en parle plus

cours d'art dramatique, elle accepta de se montrer dans des boîtes où la chorégraphie n'était pas l'essentiel. Je lui en serai redevable jusqu'à mon dernier jour. Que lui ai-je rendu ? Des nuits artificielles et une pension alimentaire. Ce premier mariage fut ma faute originelle. Elle méritait mieux que moi.

— *Pourquoi ne pas en être resté au Brésil ?*
— Mais maman, parce que j'ai échoué.

Au Montcel je partageais ma chambre avec un nommé Isambert que j'ai perdu de vue depuis cette courte aventure. Je ne pus résister au besoin de lui confier que j'avais décidé de me tirer le lendemain soir.

— Tu vas où ?
— Je m'en vais, c'est tout. Où ? Je n'en sais rien.
— Mais comment tu vas vivre ?
— Je verrai bien.
— Attends, attends. Moi aussi je veux me tirer, mais tout seul je n'ai pas les couilles. Si tu veux de moi, je t'accom-

Et qu'on n'en parle plus

pagne et en plus je sais où trouver du pognon.

— Tu penses à Cassidy et le Kid ?

— Non, à mon père. Il est bourré et il met tout dans un coffre. Je sais où il cache la clé et si on fait ça samedi, la maison sera vide et j'ai le code.

Nous avons donc cambriolé ce cher M. Isambert. Avant de quitter les lieux, je laissai un mot sur son bureau, lui précisant bien que ce n'était qu'un emprunt et que nous le rembourserions dès que nous serions riches, ce qui ne saurait tarder. Après une longue nuit de fête à Pigalle, je me présentai au comptoir d'Air France. Sur le menu des vols, le premier qui allait le plus loin était vers Rio.

— Deux premières pour Rio, s'il vous plaît.

C'était sans compter avec la réaction du Montcel. Ne nous ayant pas vus au dîner, le directeur était descendu dans nos quartiers pour vérifier que nous n'avions pas un problème quelconque. Constatant notre absence et nos armoires vides, il prévint sur-le-champ nos parents et la gendarmerie.

— Tu connais la suite. La police des frontières, le bureau avec papa dedans...

— *D'accord pour le Brésil, mais te marier ?*

— Pour être adulte. Je te demande pardon.

— *Il faut reconnaître qu'elle était belle, ta liberté. Ton père aussi l'avait remarquée. Je me souviens les avoir vus en pleine discussion dans les coulisses du Châtelet, lui habillé en curé pour les besoins du rôle et elle en train de se changer pour danser le tableau suivant.*

— Tu connais : on s'aime beaucoup, à la folie et brusquement plus rien.

Il n'est pas si innocent que ça, le jeu de la marguerite. Toutes les petites filles s'amusent à faire semblant de vouloir savoir comment les petits garçons les aiment. Un peu, beaucoup, passionnément, à la folie... Pas du tout. Si on finit là-dessus, on en cueille vite une autre et on recommence jusqu'à ce que ça tombe sur « à la folie ». Mais ce n'est qu'un jeu. Dans la vraie vie,

Et qu'on n'en parle plus

celle des grandes personnes, le dernier pétale annonce rarement la bonne nouvelle. Seulement on ne cueille plus une autre marguerite, on choisit une autre femme. Et il y a beaucoup de marguerites. Ce « brusquement plus rien » ne clôt pas une histoire. Il indique précisément le commencement de la fin. Il peut durer des années, ce « brusquement plus rien ». Avec des arrangements qui ne tiennent jamais ; des hauts et des bas de plus en plus fréquents et de plus en plus bas ; des dîners face à face dans un silence pesant, jusqu'au soir où, arrivés au bout du bout, la séparation s'impose comme étant la solution la plus sage. J'y suis passé deux fois, ce fut deux fois le même cirque. D'abord tout s'accélère. Les avocats, le bureau de la juge – une première fois pour tenter d'éviter, une seconde pour prendre acte –, la greffière, les auditions contradictoires, les formulaires et les conventions à signer, et puis ce malaise qu'on éprouve une fois toutes les formalités remplies. On s'embrasse ? On se serre la main ? Non. Quelqu'un dit « voilà » et chacun s'en va de son côté. C'est fini. On la regarde partir et, curieusement, on la retrouve aussi charmante qu'au premier jour. C'est un peu le coup de pied de l'âne. De mon premier divorce, si je sais pourquoi, je ne me souviens plus des détails. Un matin, je me suis assis au bord du lit pour lui dire que j'en aimais une autre.

— *Mais alors, comment as-tu pu lui faire un autre gosse ?*

— Certainement pas par l'opération du Saint-Esprit, mais comment ? Où ? Quand et pourquoi ? Je me le demande.

— *Un coup de vent ?*

— ...

Je lui ai laissé notre maison de Vence qu'elle aimait beaucoup et j'ai payé pour que mes filles suivent des études qu'elles n'ont jamais voulu faire. Sandrine, l'aînée, a compris. Elle connaissait d'instinct la ligne imaginaire à ne jamais dépasser. La cadette, non. Très vite leur mère s'est remariée et, avec le temps, nos rapports se sont un peu améliorés.

— *Et puis tu as cueilli une autre marguerite.*

Et qu'on n'en parle plus

— Cette fois-ci, ça s'est moins bien passé. J'avais tout fait pour, mais au fond de moi, je lui en voulais de m'avoir quitté. J'étais vexé. La première semaine qui a suivi son départ j'ai souhaité sa mort, la deuxième j'ai souhaité la mienne et la troisième j'ai écrit le plus mauvais disque de ma carrière.
— *Aujourd'hui t'en es où ?*
— J'ai une femme merveilleuse.
— *Alors fais-moi plaisir, ne joue plus au con.*
— Je ne pourrais pas, c'est toi en maigre.
C'est affreux, j'ai déjà tout dit.
— *Je vais te faire un café.*

La même chose à confesse. Ma classe s'y rendait une fois par mois. Comme, à mes yeux, je n'avais commis aucun péché significatif, ne sachant pas quoi dire au bon Dieu, j'inventais.
— *Et la luxure ?*
— Tu plaisantes ?
— *Je crois me souvenir que tu as bien profité d'une jolie petite chrétienne durant ta retraite de communion.*

Et qu'on n'en parle plus

— S'embrasser derrière un tas de bois, ce n'est pas un péché.

— *Dans un monastère si !*

Un Monseigneur Renard m'a confirmé. Il avait un nez à faire pâlir Edmond Rostand.

— *J'y étais. Il m'a aussi confirmé que tu ne croyais pas en Dieu.*

— Si. J'y crois quand j'en ai besoin. Comme tout le monde. Si le mien ne répond pas j'en appelle un autre, c'est tout. Et puis celui que je préfère, je l'ai inventé.

— *Tu as certainement oublié, mais tu as été enfant de chœur à l'église de la Trinité. Remarque, c'est bien normal que tu aies oublié, tu l'as été trois jours. J'ai gardé la lettre de l'abbé. « Il se fout de tout », écrivait-il.*

Il faut reconnaître que durant les cours de catéchisme j'étais un peu la brebis égarée. Je m'en suis fait renvoyer suite à une question déplacée à propos de l'exode d'Égypte.

— Comment Pharaon a-t-il pu les rattraper au bord de la mer Rouge avec ses

Et qu'on n'en parle plus

chars et ses chevaux, alors que Moïse avait tué tous les animaux du pays, à l'aide de son bâton magique ?
— Dehors !
L'abbé s'était dressé d'un bond, le doigt pointé vers la porte. J'eus un instant le sentiment de me trouver en face de saint Irénée tenant un Évangile qui n'était pas canon...
— *Tu faisais du Voltaire sans le savoir. Ou peut-être en le sachant, ce qui est pire.*
— Maman, à l'époque mes lumières étaient de poche.

Mon père avait pour habitude d'emmener ses maîtresses en tournée. Quand je dis « ses maîtresses », comprenez pas toutes en même temps. Il n'en avait qu'une par théâtre. À son enterrement, le troisième rang du chœur de l'église de Neuilly était entièrement occupé par de jolies femmes blondes et très élégantes. Elles me regardaient. Au moment de la bénédiction, je n'ai pu me retenir de lui murmurer :
— T'as été un sacré faux cul.

Et qu'on n'en parle plus

Ma mère n'était pas dupe. Elle laissait faire tant que ça se limitait au spectacle et loin de Paris. Il n'y eut qu'une exception. L'une d'elles s'était mise en tête de prendre sa place. Pauvre fille, elle se croyait assez forte pour attaquer maman de front. Même Hitler l'aurait contournée. Comme la ligne Maginot !

— *Tu sais ce que m'a dit cette salope ? Que je n'étais plus assez bien pour lui !*

Nous habitions alors Montesson, un bled mortel tout près de Sartrouville. Une maison près de la Seine. Mon père et moi étions sur la terrasse, lui pour peindre son jardin, moi pour ne rien faire. Je m'emmerdais comme un rat, là-bas. Ma mère a déboulé telle une furie :

— *Fernand, rentre, il faut que je te parle !*

S'ensuivirent des cris épouvantables, comme elle seule savait en pousser, et un bruit de vaisselier qui s'écroule. Et puis plus rien... Mon père revint quelques minutes plus tard, avec une profonde entaille au front qui saignait abondamment.

— Elle m'a cassé la soupière sur la tête.

Et qu'on n'en parle plus

Il s'essuya avec le chiffon des pinceaux, ce qui n'arrangea rien, il avait désormais le crâne rouge, jaune et bleu. Quant à cette fille, personne ne la revit jamais...

— *Je t'ai aperçu à la télé hier soir. Pourquoi tu mets ces chemises avec ces grands cols ?*
— J'aime bien.
— *Ça ne te va pas du tout. T'as pas de cou...*

Le succès, la notoriété, la gloire, appelez ça comme vous vous voudrez, deviennent vite pesants. Il nous en coûte une partie de notre indépendance – ce que nous supportons assez bien – mais ça change totalement la vie. Et quand je dis tout : on passe de rien à trop. La surprise fut d'autant plus grande que je n'avais nullement fait un tel choix. Mon envie de célébrité était ailleurs. Nous étions très éloignés du luxe, mais nous nous en sortions du mieux qu'on peut à cet âge. En plus de mes animations montmartroises, j'étais serveur dans un restaurant de Joinville le samedi

Et qu'on n'en parle plus

et le dimanche. Ma femme dansait à la « Nouvel' Ève » et ça roulait doucement. Et puis paf ! la timbale !

— *Tu ne comptes pas les faire pleurer là, si ?*

— Je veux simplement faire comprendre que la timbale ce n'est pas ce qu'on croit.

Sa première conséquence est de foutre un couple en l'air. Certes le nôtre n'aurait pas duré bien longtemps, mais ça n'a fait qu'accélérer le processus. Un an à peine, et le « brusquement plus rien » commençait discrètement à me prendre la tête. Un fossé se creusait. Nous ne nous comprenions plus. Je devenais un autre et elle ne suivait pas. À sa décharge, je ne faisais aucun effort pour l'attendre. Les rapports s'inversaient. Elle arrêta la danse pour se retrouver dans une nouvelle maison où sa seule distraction était d'attendre mon retour. Il y avait bien sa fille Sandrine, mais mes retours se faisaient de plus en plus rares.

— *Avec ton père ce fut le contraire. C'est passé de trop à rien.*

Et qu'on n'en parle plus

Et puis l'argent ! Un max de blé qui tombe d'un coup. On sait bien que pour ceux qui n'en ont jamais eu, ce n'est pas toujours une aubaine.

— *C'est tout de même mieux qu'un coup de pied au cul !*

Comme je ne payais pas d'impôts, j'ai continué. Je n'ai rien déclaré du tout jusqu'à la visite inopinée d'un inspecteur du fisc – aujourd'hui mon conseiller – qui m'a précipité dans le cycle infernal du « j'emprunte pour rembourser ».

Mais quelle vie nom de Dieu ! On pouvait rouler vite, fumer partout, faire l'amour en toute confiance et pas de chômage ! On trouvait toujours un boulot qui nous aidait à nous en sortir. Nos enfants n'auront plus jamais cette chance-là !

— *Et au lieu d'en profiter avec ta femme, tu t'es marié avec Babette.*

— Nous n'étions plus sur la même longueur d'onde. Et puis, que veux-tu, l'amour s'en allait. Des deux côtés. Enfin pas vraiment. J'ai, comme on dit, ouvert le bal. J'avais lâché avant elle. Bien que sachant qu'elle savait, je regrette d'avoir

été si direct. L'envie d'en finir m'a fait croire que c'était déjà fait. Heureusement elle a trouvé un autre homme qui lui convenait mieux. Alors oui : j'ai épousé Babette.
— *Tu épouses beaucoup.*
— Ça te dérange ?
— *Non, ce qui me gêne c'est que souvent beaucoup, c'est trop. Tu as connu Anne-Marie en 78, non ?*
— Maman, tu m'emmerdes ! Anne-Marie c'est autre chose ! Nous savons tous que se marier trop jeune est une énorme connerie. Malheureusement, quand on est jeune on ignore qu'on l'apprendra. J'ai tout fait comme un manche et toi tu n'as rien dit !
— *Engueule-moi pendant que tu y es !*
— C'est moi que j'engueule.

Au fond, cette carrière que je n'attendais pas m'a fait passer de bons moments. Une fois écartés les emmerdeurs, les abrutis, les escrocs, les incompétents, les jaloux et les suceurs de roue qui sont égaux en proportion dans toutes les professions : j'ai eu une belle vie.

Et qu'on n'en parle plus

Avant la naissance de Romain, Babette et moi avions emménagé dans un tout petit appartement rue des Belles-Feuilles. Tout y était minuscule sauf le lit. Un grand matelas bleu posé par terre. J'attendais mes premières royalties importantes, mais comme j'avais déjà dilapidé les avances, nous étions sans un sou. Romain n'avait pas de chambre et nous avions prévu un coin bébé dans le séjour près d'un canapé-lit, au cas où il aurait fallu le faire garder. Quand je disais que ça changeait tout ! En quelques mois, nous sommes passés du trente mètres carrés à un hôtel particulier de trois étages avec terrasse sur le toit. Il était magnifique. Le seul inconvénient, c'est que nous ne savions jamais où était l'autre. Davy y est né quatre ans plus tard.

— Puisqu'on en parle, maman, c'est là que j'ai compris qu'un grand appartement ne servait à rien. Tout compte fait, on vit dans la chambre, dans la salle de bains et dans la cuisine. Le reste on y passe... Les grands salons de réception sont conçus pour les réceptions et je n'aime pas les réceptions. Même chez les autres.

Et qu'on n'en parle plus

— *Tu as compris mais pas retenu. J'ai connu toutes tes maisons.*

C'est précisément dans cet endroit que je subis un traumatisme majeur qui devait me persécuter toute ma vie : la phobie des photos ! Les magazines adorent aller au-delà du succès. Ils sont fermement convaincus que notre vie privée intéresse aussi le public. Moi, qui fus d'abord public, je m'en suis toujours foutu, mais je dois reconnaître qu'aujourd'hui la vie intime fait partie du métier. Alors on joue le jeu, on fait semblant, comme sur scène, sauf les saluts et les applaudissements. Le problème, c'est que je n'ai jamais su faire semblant ; ça se voit quand je mens, et encore plus quand je m'emmerde.

Un matin, je vis débarquer un photographe, son assistant, une habilleuse avec costumes et robes variés, deux producteurs et leur chauffeur, une maquilleuse, deux coiffeurs et mon attaché de presse flanqué de ses deux secrétaires. L'interviewer viendrait plus tard, il était retenu chez une princesse en vogue. Nous allions

Et qu'on n'en parle plus

faire ma première couverture de *Jour de France* ! Ce journal souhaitait montrer à quoi ressemblait la réussite. Le vieux Dassault avait établi une règle de fer : il fallait être jeune, beau, riche et blanc ! Des années plus tard, alors que je me trouvais en face de lui dans son immense bureau du rond-point, il m'avoua :

— Si ça n'avait tenu qu'à moi, jamais je ne vous aurais mis si souvent dans mon journal. Vous êtes une tête de mule, mon ami. Malheureusement, ma femme est fan.

C'était vrai. Chaque fois qu'on se croisait elle me lançait : « En avant la musique ! »

Le photographe inspecta les lieux, et déplaça les meubles – je déteste qu'on touche à mes affaires –, le premier coiffeur suivi de la maquilleuse s'enferma avec ma femme dans sa salle de bains et l'autre m'entraîna dans ma chambre en disant : « Il va falloir arranger un peu tout ça. » Quant au staff supplétif, il s'installa confortablement dans mon salon en se servant de mon whisky préféré. Je ne me souviens

Et qu'on n'en parle plus

pas du nom de l'autre coiffeur, mais lui n'a sûrement rien oublié. Alors qu'il s'apprêtait à me faire quelques mèches auburniennes pour donner du reflet à mes boucles, je lui ai arraché le pinceau et je l'ai fait grimper au mur en le tenant par le col : « Tu te barres sur-le-champ ! » Ensuite je me suis coiffé comme d'habitude et j'ai voulu voir ma femme.

Et ce fut le choc ! Un berlingot ! J'avais devant moi un berlingot ! Elle qui était si jolie avec sa frange sur le front, ses beaux yeux, ses cheveux longs qui tombaient sur ses épaules, ils l'avaient fardée comme un gâteau d'anniversaire et coiffée comme ces daubes qu'on rencontre le vendredi soir dans les baloches au fond du Texas. Je passe sur le look. Il ne lui manquait plus que la note de musique en carton doré plantée dans le chignon !

— Vous nous prenez tels que nous sommes ou vous vous tirez ! J'emmerde *Jour de France* et ne vous gênez surtout pas pour le faire savoir.

Les premiers à s'enfuir furent mes producteurs qui n'ont jamais brillé par leur

Et qu'on n'en parle plus

courage, les autres se sont rangés dans l'entrée, n'osant l'ouvrir, en attendant le journaliste du Tout-Paris qu'aujourd'hui tout Paris a oublié. Mon attaché de presse, Gil Paquet, qui en avait vu d'autres, arrangea les choses avec lui au mieux, et la couverture parut. Pour ce faire, il fallut tout de même que j'entre dans une baignoire rose de mousse, maquillé jusqu'à la racine des cheveux, les cils allongés d'un mascara waterproof avec un *swimming ducky* sous le menton... Tous les reportages reposaient sur le même cliché : un faux petit déjeuner au lit, un faux dîner avec deux bougies sur une nappe à carreaux, une fausse promenade en amoureux dans un jardin ou sur les quais et le fameux bain moussant !

Alors, à tous ceux qui me rabâchent comme un psaume : « Pourquoi vous ne souriez jamais sur les photos ? » – ce qui est faux –, « Pourquoi vous avez l'air triste ? » – ce qui est encore faux –, je conseille d'expérimenter un jour une séance de photo montée !

Je reste persuadé que le « brusquement plus rien » de Babette lui a sauté aux yeux

Et qu'on n'en parle plus

au cours des centaines de reportages de ce genre que nous avons faits dans les années 80 et 90. Et je crois même connaître lequel : ce fut le dernier ensemble dans notre maison à Miami. Nous sommes tous les deux assis derrière un plateau sur le lit, avec la tête de qui vient d'enterrer son chien.

— *Je l'ai vue ! Tu aurais pu chanter « Ma Gueule ».*

— Certes, mais moins bien que lui.

Je devais retrouver le vieux Dassault quelques années plus tard, alors qu'il produisait un film, le bien nommé « Été de nos quinze ans ». Il me demanda si j'avais écouté la musique de Jarre : *Docteur Jivago*. Évidemment !

— Vous ne pourriez pas m'en faire une dans ce style pour mon film ?

Je n'ai jamais été vraiment musicien et encore moins pour les longs métrages. Je répondis que, à la rigueur, j'étais capable d'une mélodie mais rien de plus. Et puis où se passe votre film ? À Deauville.

— Sans vous offenser, monsieur, la balalaïka n'a jamais été normande.

Et qu'on n'en parle plus

— Bon. Alors ce sera un autre pour la musique, mais vous, vous jouerez dedans. Le metteur en scène est un de vos amis : Marcel Jullian.
— Mais pourquoi moi ?
— Pour faire plaisir à ma femme.

Un dimanche, Bagatelle décida de m'emmener voir Piaf à l'Olympia. J'ignorais qui était Piaf. « Il faut que tu aies vu ça une fois dans ta vie. » Aujourd'hui encore, je n'ai rien oublié. Même sa façon de saluer : elle passait sa main derrière son dos pour s'accrocher au rideau rouge et pouvoir se pencher.

« Plus tard on écrira des livres ou on fera des films sur sa vie et on ne retiendra que ses verres de vin rouge et la drogue. » Malheureusement elle avait raison, ma grand-mère. Quand on a la voix la plus déchirante au monde ce n'est jamais donné gratis. Comme, au tour de France, on ne monte pas le Tourmalet avec un jus d'orange !

— *Tu sais qu'au cimetière je lui ai demandé pardon à ta grand-mère ?*

Et qu'on n'en parle plus

— Oui. Papa et moi on a entendu.
— *Tu crois qu'elle a pardonné ?*
— Elle t'avait déjà pardonné depuis longtemps.
— *Tu veux savoir pourquoi j'ai voulu me tuer ?*
— Non, maman. Je préfère m'en tenir à mon imagination.
— *Ce ne sera pas la vérité.*
— Crois-tu ? Tu étais jeune, trop jeune et en même temps lassée du monde qui t'entourait. Un monde décevant fait de décor en carton et de filles en plumes. Ça sentait le fond de teint à l'eau et la poudre de riz. Les mecs que ta mère ramenait trop souvent à ton goût te répugnaient ; ce n'étaient jamais les mêmes et ils se ressemblaient tous. Quant à ses soûleries, tu ne pouvais plus les supporter. Tu ne mangeais rien, tu étais maigre comme un clou, et sur scène on te plaçait toujours en supplément, au fond – et pas à toutes les représentations, seulement quand on avait besoin de boucher un trou. Tu ne te voyais aucun futur et te croyais condamnée à rester là comme une déjà vieille, dans ta

Et qu'on n'en parle plus

chambrette de la rue Berthe. Une rencontre ? Un amour ? Un ami ? Tu n'y songeais même plus. Tu ne possédais qu'un seul miroir et tu l'avais cassé.

Alors un matin encore plus gris que les autres, tu as sauté. Tu as eu le courage de te lancer en entendant le claquement des talons en bois de ta mère dans le couloir devant ta porte. S'il n'y avait eu l'auvent d'un bistrot juste en dessous pour amortir ta chute, tu serais morte de désespérer de vivre. Mais bien que je ne croie pas en Dieu, il en avait, ce matin-là, décidé autrement.

— *Y a un peu de ça, mais y a pas que ça.*
— Pour moi ça suffit.
— *Alors tu ne me connaîtras jamais.*
— Tant mieux. J'en connais suffisamment. Et mon improvisation vaut bien ta vérité...

Je n'ai jamais aimé l'école. Je m'acharnais à me faire virer de toutes celles où ma Marie de Kœur-la-Petite avait tant de mal à m'inscrire. En dehors de son petit village, je n'ai jamais tenu plus d'un trimestre.

Et qu'on n'en parle plus

Comme mon père – qui lui non plus n'avait jamais été un élève brillant – se plaignait tous les soirs de moi, à la terrasse du « Palmier », place Blanche, le soliste des Compagnons de la chanson, Fred Mella, lui conseilla de m'envoyer au Montcel. Un collège « à la suisse » à Jouy-en-Josas. Et là, à la surprise générale, j'ai aimé. Et j'y suis resté jusqu'à mon départ pour Rio...

— La grande excuse de mon père à propos de ses études extrêmement limitées, c'était : « Moi, monsieur, j'avais ma sœur à élever ! » Tu parles... Je peux m'enorgueillir d'avoir eu la tante la plus conne que la France ait portée. Un millimètre au-dessus : on meurt !

—*Ah ! là, tu me fais plaisir. Je lui ai assez répété qu'elle était con sa sœur ! Mon Dieu ! Même un œuf au plat elle ne savait pas le faire ! Je t'ai vu lui parler à mon enterrement, qu'est-ce qu'elle voulait ?*

— Savoir si je la reconnaissais. Je lui ai répondu qu'elle était inoubliable... À propos de ton enterrement : Anne-Marie ? C'est toi ?

—*Oui, monsieur, c'est moi.*

Et qu'on n'en parle plus

Le Montcel était un collège de haut standing, pour enfants de familles aisées, géré par le clan des Renault – qui pratiquait la méthode des collèges anglo-saxons. Le sport y occupait une place prépondérante avec un coefficient de notes suffisamment large pour nous améliorer une moyenne quand nous pataugions sur une matière quelconque. Une organisation un poil militaire, avec lever des couleurs tout le monde au garde-à-vous, suivi d'un jogging de cinq kilomètres, petit déjeuner et puis juste le temps d'une douche avant de rejoindre nos salles de cours pour toute la matinée. Lorsque nous nous déplacions en groupe, nous marchions au pas cadencé. Sa situation étonnait toujours les nouveaux arrivants. Rien à voir avec une cour encadrée de bâtiments béton verre. Il faisait penser à un village entouré de grands arbres d'où s'échappaient de belles pelouses. Il y avait même une piscine d'été, sous de gros rochers gris. Mon père n'en revenait pas :

Et qu'on n'en parle plus

— Si tu n'apprends rien là, je veux bien me faire...
— *Fernand !*
La deuxième surprise était l'apparente absence de surveillance. Contrairement à ce que nous avons tous connu, il n'y avait pas de « pions » ! Des élèves, désignés ou élus, veillaient au bon respect des règles de la maison, et les plus anciens prenaient en charge les plus jeunes. On était chef de chambre, aspirant, capitaine ou enfin capitaine général. J'étais sur le point d'avoir ce grade lorsque je suis parti... Nous avions une salle assez bien équipée qui servait à la fois de petit théâtre et de cinéma. J'en eus la responsabilité une année pour les classes de sixième et cinquième. Les élèves y montaient des spectacles qui touchaient naturellement à ce qu'ils apprenaient en classe : Molière, La Fontaine, Corneille et parfois quelques bouts de farces de la commedia del'arte. Jamais les pièces entières, juste les tirades exemplaires, celles du *Cid*, par exemple, ou la séquence du « Maître de philosophie » du *Bourgeois*. Nous passions aussi des

Et qu'on n'en parle plus

films telle *La Guerre de l'eau lourde* (dix-huit fois au moins), et beaucoup de documentaires.

M. Baudat, notre excellent prof de français, partait du principe que lire Molière ne servait à rien puisque nous ne savions pas le lire correctement. Il eût fallu que nous fussions comédiens. L'apprendre en le jouant – même en amateurs – nous aiderait à mieux cerner les personnages et à en comprendre le comique. C'est vrai que je n'ai jamais ri en lisant tout seul *L'Avare* à l'école. Baudat tenait avant tout à rendre les grands auteurs vivants ! Il exagérait même souvent le côté trop humain de ces hommes incomparables.

— Messieurs, c'étaient des éclatés ! Sardou ! Au lieu de vous taper votre piteux petit J & B planqué dans l'armoire de votre chambre, je vous souhaite de fréquenter les mêmes tavernes ! C'était autre chose que vos « boum » à la gomme.

— Mais, monsieur, je n'ai pas de...

— C'est vrai, vous n'en avez plus, il est chez moi. Nommez-moi votre personnage historique préféré.

Et qu'on n'en parle plus

— Chilpéric, monsieur.
— Quelle idée ! Vous pouvez développer ?
Je me contentai de lui résumer l'histoire très mouvementée du roi de Neustrie en omettant bien sûr de dire la vraie vérité. À Kœur-la-Petite nous recevions l'almanach publié par Kœur-la-Grande. Il y avait de tout là-dedans ! À quelle date cueillir les champignons, comment faire obéir son chien, quand planter telle fleur ou biner sa friche, le temps que nous aurions jour après jour durant l'année entière, la rubrique nécrologique des bien-aimés locaux et, à la fin, une courte nouvelle sur les rois de France et en particulier les Mérovingiens ou les Carolingiens, tous à peu près du cru. C'est là que j'entendis parler pour la première fois de Chilpéric. Figurez-vous qu'il adorait les femmes velues. Ça le rendait fou ! Lorsqu'il organisait une chasse, ce n'était pas celle qu'on croirait. Comme toutes les filles du pays le savaient, elles tressaient leur pilosité de façon à en faire de petits losanges un peu comme les bas à couture où séchaient les fromages de chèvre de Marie.

Et qu'on n'en parle plus

Cette vision de femmes velues se promenant dans la forêt m'a fait fantasmer durant des années ! Bien plus tard, j'eus la confirmation des goûts de Chilpéric en lisant un livre : *Chilpéric mon frère*, écrit par un excellent historien. Comme quoi la feuille de chou de Kœur-la-Grande était très bien tenue !

Baudat me fixa longuement.

— Ne seraient-ce pas plutôt les cochonneries du fils de Clotaire qui vous l'auraient rendu sympathique ? Il a tout de même tué son fils parce qu'il avait épousé sa tante.

— Que lui aurait-il fait s'il avait épousé la mienne !

Cela me fait penser à une anecdote de mon beau-père François Périer. Alors qu'il venait se présenter au Conservatoire devant Louis Jouvet, il passa une scène des *Fourberies de Scapin*. À la fin Jouvet lui dit : « Si Molière t'a vu il a dû se retourner dans sa tombe. » Sans se démonter François répliqua : « Comme ça il sera à l'endroit, il vous a vu hier soir dans *L'École des femmes* ! »

Et qu'on n'en parle plus

Quand j'écrivais que le Montcel était comme un petit village, c'est vrai. Les pensionnaires vivaient tous dans des maisons qui portaient un nom charmant : la Belle Jardinière, le Pavillon vert, le Château, le Chalet, la Rivière et d'autres encore que j'ai oubliés. C'est dans l'une d'elles que je fis mon premier triomphe en racontant ma première vraie nuit d'amour avec les deux danseuses de Vichy.

— Toutes les deux ensemble ?
— Oui.
— Non !
— Si.
— Comment elles ont fait ?
— Comme ça.
— Non ! !
— Si.
— Et elles ? Elles se sont touchées ?
— Oui.
— Non ! ! !
— Si.
— Et toi ?
— Quoi moi ?
— Qu'est-ce que t'as fait ?
— J'ai fait comme ça.

Et qu'on n'en parle plus

— Non !
— Et merde !...

On se croirait dans la chanson de Bécaud !

Lors de mon inscription, mes parents avaient insisté auprès de Berthier, le directeur, sur le fait que, leur métier les éloignant souvent de Paris, je serais amené à rester seul les week-ends de sortie et certaines vacances. Sauf Noël bien entendu... Ces Noëls que je n'ai jamais pu pifer !

— *Tu as eu de beaux cadeaux !*

— Les fêtes officielles m'ont toujours emmerdé, maman. Les anniversaires, les jours de l'an, les Saint-Michel, je m'en tape.

— *Et les grandes vacances ? Tu n'aimais pas les grandes vacances ?*

— Non.

J'ai adoré ma solitude ! Parce qu'elle était une solitude de jeunesse. Une solitude de rêves ou de projets. Pas la solitude des oubliés. Celle-là, des millions de gens, malheureusement, la connaissent. C'est celle des amis partis, du temps qui s'acharne à n'en plus finir, des enfants qui ont leur vie ailleurs ou bien qui n'y pensent plus. C'est la petite promenade, le marché du dimanche, du pain pour les pigeons, les ennuis de santé et la télévision... Moi je vous parle de celle qui est le complément parfait de la liberté. L'inconvénient, c'est qu'elle ne nous aide pas à aimer les hommes. Elle fait même tout ce qu'elle peut pour nous en écarter ! D'où les remarques cent fois répétées : « Pourquoi vous avez l'air de vous ennuyer partout ? » Il ne vient jamais à l'idée de personne que c'est précisément parce qu'ils sont partout que je m'ennuie.

Au Montcel, ne faisant pas partie du contingent des collés, je bénéficiais d'un régime de faveur. J'avais les clés de toutes les salles de sport, de la bibliothèque et même le droit de sortir une heure ou deux en ville. Cela dit, Jouy-en-Josas le dimanche c'est pas New York ! Une fois visitée la maison d'Oberkampf et pris un café au seul bistrot ouvert, on a définitivement tout vu. J'eus tout de même l'occasion d'aller au théâtre...

Et qu'on n'en parle plus

C'est fou le nombre de gens qui croient que je suis entré dans la carrière par atavisme ! Il y a des millions de fils de boulanger qui ne deviennent jamais boulangers et ça n'étonne personne ; mais en ce qui me concerne, on tient absolument à ce que ce soit congénital. De plus, par amalgame avec mon père on me croit méridional. Je n'ai eu que très peu de contacts avec les coulisses et aucune information sur les choix professionnels de mes parents. J'allais les voir, bien sûr, j'aimais ou pas ce qu'ils jouaient, mais nous n'en parlions que très rarement. Mon envie de devenir artiste est venue d'ailleurs. Précisément un fameux dimanche de « solitude » où les Tréteaux de France passaient par Jouy-en-Josas. En matinée ils donnaient Molière, en soirée Pirandello. J'assistai aux deux représentations. Celle de *Chacun sa vérité* fut décisive. Je serais comédien !

Ayant en partie la responsabilité du théâtre du Montcel, je me sentis tout à fait à ma place en franchissant le carré des caravanes où se changeaient les acteurs.

Et qu'on n'en parle plus

J'y rencontrai Jean Danet le directeur de la troupe.

— Bonjour maître, je m'appelle Michel Sardou et je suis directeur du théâtre du Montcel.

Je ne sais plus quel âge j'avais à cette époque, mais je devais être un tout jeune homme. Jean me regarda du haut de son mètre quatre-vingt-dix en souriant gentiment et me répondit :

— Eh bien que puis-je pour vous, cher monsieur ?

— J'aimerais beaucoup que votre troupe donne une représentation dans notre théâtre mais je n'ai pas d'argent.

— Ah ! là, monsieur, je vois que vous êtes un vrai directeur de théâtre !

J'ignorais alors les règles des tournées et je ne pensais pas une seule seconde que les jours suivants étaient depuis longtemps réservés.

— Ce ne sera pas possible cette année, mais je suis certain que nous aurons une autre occasion de nous rencontrer.

Cette autre fois allait devoir attendre trente-cinq ans ou plus.

Et qu'on n'en parle plus

Quand je devins vraiment le directeur de la Porte-Saint-Martin, il me rendit une visite amicale, en pleine préparation d'un espoir de programme pour la première saison. Il n'avait rien oublié.

—Alors, monsieur le directeur, toujours du mal à joindre les deux bouts ?

—Toujours, Jean, toujours. Ce que j'aimerais monter n'est plus possible de nos jours, à moins d'une subvention !

—En tout cas je vous félicite. Il faut être gonflé pour acheter un théâtre aujourd'hui...

Philippe Noiret m'avait dit la même chose à la soirée des Molière :

—J'ai commencé à vous écrire une lettre, et puis non. Je n'aime pas écrire. Je préfère vous embrasser. Vous êtes un vrai fou !

— *Un vrai con, oui !*

—Maman !

Malheureusement, Jean nous quitta peu de temps après et je n'eus jamais le privilège de l'écouter chez moi.

Un après-midi où je répétais *L'Homme en question* de Félicien Marceau, sa femme m'apporta de sa part un cadeau. Avant de mourir, il l'avait chargée de m'offrir son brigadier. C'était la réplique de celui qu'avait possédé Molière : un bâton clouté avec des plumes blanches en bordure de pommeau. Il est en bonne place à côté de celui du Palais-Royal.

— *Tu te souviens quand Rouzière voulait te vendre les Variétés et le Palais-Royal ?*
— Oui.
— *J'ai failli l'étrangler.*
— Pourquoi ?
— *Au lieu de perdre une chemise tu en aurais perdu deux !*
— Sois rassurée : je n'en ai perdu qu'une !
— *Tu pouvais très bien jouer dans n'importe quel théâtre sans être obligé de l'acheter !*
— C'est vrai. Mais j'aime bien qu'on m'appelle « monsieur le directeur ».
— *Alors j'ai raison. T'es un vrai con ! Pourquoi avoir choisi ce théâtre-là en particulier ?*
— J'avais d'abord fait une proposition pour Marigny, mais durant le déjeuner de

Et qu'on n'en parle plus

premier contact je me suis très vite rendu compte que la patronne et son directeur me prenaient pour un touriste.

— *Les autres t'ont entubé, ce n'est pas mieux.*

— Ils se sont dit : « Il a du fric, profitons-en. » Je n'étais pas dupe.

— *C'est fou le nombre de personnes qui te croient milliardaire ! Tu me diras, il vaut mieux faire envie que pitié, mais tu n'es riche qu'en dettes.*

— Cela dit, j'ai eu ma revanche. Une fois Marigny vendu à François Pinault, Anne-Marie et moi avons été invités par Hossein à la première grande générale de *La Dame aux camélias*. Nous attendions au bar quand l'ancienne patronne m'est tombée dessus, les larmes aux yeux : « Si j'avais su, c'est à vous que j'aurais vendu. »

— *Pour le coup, c'est elle qui s'était fait trimballer. Je vais te dire une chose, Michel, une chose dont tu ne tiens jamais compte. On est en France. Et en France on ne mélange pas les genres. On accepte à peine une réussite, alors une seconde serait de la provocation. Tu es chanteur et pour tout le monde, quoi que tu fasses, tu resteras chanteur. Tu ne seras jamais des leurs. Le théâtre est une sphère toute petite où tout le monde se côtoie depuis sa première année au cours Simon. Tu auras beau faire de ton mieux, avoir du succès, tu resteras toujours un passager provisoire, un dilettante. Quant aux subventionnés, tu es carrément impensable! Autrefois nous avions des mécènes, aujourd'hui ils ont la Sécurité sociale. Ils travaillent moins mais sont beaucoup plus nombreux. Il en ira de même pour Pinault. Un jour il se lassera d'être le brillant homme d'affaires qui n'est pas vraiment le bienvenu au comité de soutien des théâtres privés. Il vendra lui aussi en éprouvant la même déception que la tienne.*

— Ce qui est amusant, c'est que nos plus grands acteurs viennent presque tous du music-hall ou du cabaret. Meurisse, Bourvil, Gabin, de Funès, Serrault pour ne parler que des plus récents. Quant à Lino, il sort du catch. Et j'oubliais Montand!

— *Mais lui aussi, il a eu beaucoup de mal au théâtre. Ils l'ont démoli chaque fois. On ne supportait pas qu'il gagne sur deux*

Et qu'on n'en parle plus

tableaux. C'est un film qui l'a imposé. Seulement toi, le cinéma t'emmerde.

— Comme tu disais, on est en France. Si demain Tony Scott me voulait comme troisième couteau, je lui demanderais combien je lui dois. Ici non... Le dernier film français que j'ai vu, c'est *Le Clan des Siciliens*. Mais ne t'en fais pas trop, ma déception n'a pas duré longtemps. J'ai eu d'autres envies et la consolation d'avoir rendu la salle de la Porte-Saint-Martin un peu plus accueillante qu'elle n'était, pour le public.

— *Ce qui a bien failli te ruiner !*

— Le vrai regret aurait été de ne pas avoir tenté. Et puis j'ai eu le plaisir en entrant tous les jours d'embrasser ma caissière. Pour chaque mauvaise salle, elle avait une explication. La pluie, le week-end, le froid, les ponts, les vacances, le pouvoir d'achat... Mais par-dessus tout elle souriait.

— *Ton « Secret de famille » a très bien marché.*

— Oui. Et puis avoir eu mon fils comme partenaire restera pour toujours un cadeau.

Et qu'on n'en parle plus

Lorsque sa mère est venue nous voir, en entrant dans ma loge, à la fin, j'ai lu son émotion dans ses yeux. Nous l'avions fait rire mais, en même temps, le passé était remonté d'un coup avec son léger nuage de larmes. New York, l'hôtel Pierre, une longue limousine qui nous déposa trop en avance dans la 22e Rue et cette salle incroyable où l'unique appareil de climatisation avait crevé le mur, à peine deux cents places et personne dedans. Romain nous accompagnait et il eut peur un moment que nous soyons le seul public. Le petit donnait pour deux représentations *Les Créditeurs*. Enfin le public entra et j'entendis Davy jouer en anglais pour la première fois. En anglais et à New York! Si mon père avait vu ça...

— *Qu'est-ce que tu crois? Qu'on était allés voir Pacino?*
— Il a aimé?
— *Il a fait comme pour toi : il a souri.*

J'achevai mon séjour au Montcel par un coup d'éclat que je ruinai deux trimestres plus tard. Ne bénéficiant pas des congés

Et qu'on n'en parle plus

scolaires, je décidai de ne plus partir du tout et d'en profiter pour sauter une classe afin de rattraper le retard d'une année que le directeur m'avait infligé dès mon inscription.

— *Normal, en dictée tu faisais une faute par mot !*

— Ce qui t'explique pourquoi mon libraire a eu tant de mal à me vendre l'œuvre complète d'Anatole France...

Avec l'aval du conseil des professeurs, j'entrepris de sauter la troisième et de passer directement de la quatrième à la seconde. C'était un challenge sans risque. D'abord j'évitais deux mois à l'île de Ré – où, il faut bien le dire, j'en avais par-dessus la tête des petits ânes en culotte à carreaux –, ensuite, si j'échouais, je n'avais plus qu'à me les rouler une année entière, ayant déjà appris le programme. Un professeur d'allemand très sympathique qui ne partait nulle part lui non plus cet été-là me prit en charge. Je crois que ça l'amusait aussi. On changea de deuxième langue ce qui ne fut pas un gros problème : je n'aimais ni l'espagnol ni l'allemand, alors

Et qu'on n'en parle plus

en avant pour l'allemand ! On travailla énormément, mais ce qui me sauva fut ma mémoire. En quelques semaines j'avais appris par cœur toutes les versions anglaises et allemandes susceptibles de figurer dans l'examen final. Je fis de même pour les thèmes. Les mathématiques furent le point faible mais physique, français et histoire comblèrent le déficit. Bref, je passai haut la main avec un 19 en allemand, ce qui scia mon prof, et une moyenne de 13,5 ! Au premier cours de la rentrée j'eus droit à une standing ovation ! Du coup, on me nomma capitaine et pour un temps je fus le héros du pensionnat. Pour un temps seulement puisque j'en devins la honte six mois plus tard…

— *Tu comptes à un moment nous parler de la chanson ?*
— Je ne sais pas par où commencer.
— *Par le commencement ce sera plus simple.*
— Pour parler d'un début, maman, il faut qu'il y ait eu un désir, une envie, un choix. Je n'en ai jamais eu.

Et qu'on n'en parle plus

— *T'es malade ou quoi ? Il a bien fallu que tu chantes une première fois !*
— Oui, mais pour moi c'était la première et la dernière fois. Je n'ai jamais voulu devenir chanteur ! Je me suis retrouvé un matin, et je ne me souviens plus pourquoi, dans une audition publique aux studios de l'avenue Hoche. C'est là que j'ai chanté comme j'ai pu. J'avais une voix de triangle. Le directeur artistique de cette audition m'a demandé de venir le voir le lendemain matin chez Barclay et j'y suis allé.
— *Et il t'a proposé de faire un disque.*
— Non. Il m'a envoyé aux éditions Marines pour rencontrer un autre directeur. J'y suis allé aussi.
— *Ben alors ?*
— Il a voulu que je revienne avec une guitare pour écouter mes chansons... Un, je ne suis pas guitariste. Deux, je n'avais pas de chansons.
— *Qu'est-ce que t'as fait ?*
— J'ai passé une très mauvaise nuit.
Nous nous retrouvions alors à quatre ou cinq dans un appart qu'avait loué Michel

Et qu'on n'en parle plus

Fugain quai aux Fleurs. C'était une sorte de cercle des poètes inconnus. Il y avait le maître des lieux Michel Fugain, communiste cheguevarien à mort – autant dire qu'après il n'y a plus que le Styx – ; un assistant réalisateur trotskiste à n'en plus finir ; un comédien en attente de comédie et sans opinion ; le fils d'un grand éditeur de livres très célèbre et moi, anarchiste supposé de droite, ce qui n'a aucun sens. Plus tard, un pianiste classique devait nous rejoindre. Il était doué mais pas assez, semble-t-il.

— *Et vous faisiez quoi ?*
— Rien. Fugain quelques musiques, le comédien et le fils à papa quelques textes, le trotskiste rêvait de devenir Godard, quant à moi j'écoutais pousser mes cheveux entre deux cours d'art dramatique. On jouait beaucoup au « trompe couillon ». C'est un jeu de cartes... Je crois que ce fut Michel qui m'accompagna chez le directeur des éditions Marines. Ce dernier partageait son bureau avec sa secrétaire. J'ai chanté les trois chansons que Fugain et ses compères avaient composées ; le mec ne

broncha pas, mais la secrétaire aima beaucoup. Voilà pour le commencement du début.

— *Il y a bien eu une suite ? Tu ne serais pas là !*

— Oui. Il y a eu une suite. J'en ai marre d'un seul coup. Tu crois qu'on a le droit de sortir un bouquin de soixante-cinq pages ?

— *Non. T'as peur de quoi ? Tu sais, Michel, quand j'ai écrit le livre que tu n'as pas aimé d'après les Mémoires de ton père, je me suis trouvée moi aussi devant le choix de dire la vérité vraie ou la vérité arrangée. Je n'avais pas le courage d'évoquer le nombre de fois où il m'avait prise pour une conne, alors j'ai arrangé. Si c'était à refaire je dirais la vérité vraie. L'écriture c'est une thérapie. Et ne me prends pas toi aussi pour une conne : je connais la tienne.*

— Eh bien vas-y ! écris à ma place, ça ne fera jamais que la deuxième fois !

— *Tu as aimé le public mais tu n'as pas aimé le métier. Tu l'as traversé comme un étranger. Le « pourquoi vous ne souriez jamais ? » ou bien le « pourquoi vous avez l'air triste ? » que tu attribues au mal-être*

Et qu'on n'en parle plus

devant un appareil photo, c'est complètement bidon. Tu ne t'es jamais senti à ton aise dans ce milieu. Tu as vécu en perpétuel décalage. Tu n'y trouvais pas ta place. Le showbiz t'a toujours gonflé! Les sept années où tu ne vendais pas un disque, tu n'avais qu'une hâte, c'est que ça finisse. Quand tu en as vendu – et beaucoup – tu as toujours espéré l'éphémère, cherchant à te persuader que ce n'était qu'un accident et que le prochain allait s'effondrer. Comme ni la gloire ni l'argent ne sont tes moteurs, tu nous aurais bien refait le coup du voyage à Rio. Seulement, pas de pot pour toi, tu as rencontré un mélodiste de génie et des partenaires exceptionnels! Et ça a fini par payer. Alors, mon petit père, sois heureux même si ça te fait chier! Remercie Vline Buggy qui, la première, t'a appris à écrire tes chansons, remercie Pierre Delanoë, Vidalin, Magenta, et tant d'autres. Remercie aussi, même si vous ne vous parlez plus, Jacques Revaux qui, sans vraiment en comprendre le fond, a su poser des musiques formidables sur vos départs d'idées. Et n'oublie pas la vieille Charlot

Et qu'on n'en parle plus

qui t'a placé la voix que tu n'avais pas comme personne ne saura plus jamais le faire. Qu'est-ce que tu crois ? On n'est jamais ce qu'on veut dans la vie. On la suit, point barre.

— Comment te souviens-tu de Guy Magenta ?

— *Parce qu'il est le compositeur des « Ricains ». La chanson qui t'a fait connaître !*

— Ce qui m'a valu la haine de la gauche qui m'a traité de facho et qui continue – l'acharnement est son fonds de commerce –, et celle des gaullistes qui m'ont pris pour un emmerdeur. Comme je le leur rends bien, on est quittes.

— *Tant mieux ! Comme ça tu ne dois rien à personne. Et puis tu dis une connerie, c'est bien le président Mitterrand qui t'a fait chevalier de la Légion d'honneur ?*

— Mitterrand n'était ni de gauche ni de droite, il était Mitterrand.

— *Tu as vécu ta vie comme tes amours. Le plaisir et la lassitude en alternance.*

— C'est vrai : plaisir et lassitude du plaisir... Je peux reprendre la main ?

Et qu'on n'en parle plus

— Je t'en prie. Mais raconte-toi à fond. Ta profession c'est menteur, seulement là t'es en vacances !

Je devins donc chanteur grâce à la secrétaire des éditions Marines ! La mère Charlot m'apprit à chanter avec sa méthode de yoga couillu et Vline me fit aligner mes premiers vers en partant du principe : au couplet le cas particulier, au refrain le cas général ! Quand je lui demandais que faire si je ne voulais pas de refrain, elle répondait : Tu dis « Je ».

Ce fut la source de nombreux malentendus. Le public ne dissocie pas la chanson de l'interprète. En gros, il pense que comme c'est lui qui l'a écrite et que c'est encore lui qui l'a chantée, c'est forcément ce qu'il pense, donc ce qu'il est. Il zappe complètement le fait qu'on peut raconter une histoire ou exprimer une idée qui ne sont ni l'une ni l'autre personnelles. Pour faire court : « Je » entre en scène mais « moi » reste en coulisse. J'ai tenté de l'expliquer dans un spectacle à Bercy à travers une chanson d'entrée qui s'appelait « Le Successeur » et à la fin, au moment

Et qu'on n'en parle plus

du défilé des « compliments » dans les loges, une compositrice de second ordre m'a dit : « Tu as fait une belle chanson sur Untel » (un très bon chanteur qui se pointait à cette époque). À ce moment précis j'ai compris que j'avais complètement merdé mon texte ! Elle n'avait pas saisi que le fameux successeur c'était moi. Enfin l'autre « moi », si tu préfères.

— *Où tu vas là ?*

— Maman, lâche-moi, c'est compliqué et comme je viens de le dire j'ai merdé !

De plus nous n'avons que vingt-cinq ou trente lignes pour raconter notre histoire. Les quatre premières pour annoncer la couleur, le reste à l'essentiel. Pour peu que le refrain soit répétitif on en perd douze. C'est rien du tout. Et puis une chanson on ne l'écoute pas, on l'entend. Quand on oublie les paroles on fait la, la, la... C'est l'auberge espagnole, on y apporte ce qu'on veut. Pire encore, on lui fait dire ce qu'on n'a pas compris ! Une récente qui s'intitulait « Allons danser » mettait en garde, selon moi, contre les promesses électorales. En gros : on les écoute, on les oublie, c'est du pipeau, on va danser... Eh bien, pour beaucoup, j'avais mis en musique le programme politique d'un des candidats à l'élection présidentielle ! C'est gratifiant, non ?

Ce n'est pas pour autant que je renie certains textes où, là, j'étais moi-même du début à la fin. Quand, par exemple, j'ai vu flotter le drapeau viêt-cong sur la Sorbonne j'ai vraiment pris les boules ! Entre eux et les Américains il n'y avait pas photo ! Quand un pédophile massacre un enfant et qu'on l'envoie en cure dans un établissement psychiatrique pour le libérer « guéri » quelques années plus tard, afin qu'il récidive de plus belle, je suis totalement pour la peine de mort et je le serai toujours ! Je suis aussi pour l'interruption de grossesse et le mariage des tantes. C'est cohérent !

En contrepoint – puisqu'il en faut toujours en musique –, « Le France » fut un engagement accidentel. Il était vendu aux Norvégiens depuis deux ans, la fureur syndicale s'était portée sur un autre pro-

Et qu'on n'en parle plus

blème, et finalement tout le monde avait accepté plus ou moins de bon cœur le fait qu'il n'était pas rentable. Quant à moi qui n'y ai jamais mis les pieds, je m'en foutais un peu... Un soir, Pierre Delanoë me laissa une note manuscrite sur mon oreiller : « Je suis le France, pas la France », entre parenthèses : « Démerde-toi. » J'occupais un appartement à la montagne et j'avais un piano droit dans ma chambre. Je trouvai le message à 2 heures du matin. Je me mis à poil, comme toujours quand je suis chez moi, et je m'assis sur une petite chaise en osier qui me servait de banc piano. J'écris comme tout le monde avec un stylo mais j'écris encore plus vite quand je me joue un fond musical. En deux heures j'avais pondu mon texte. Je me relevai crevé avec le cul en point de croix. Quand je le vis dans la glace de la salle de bains, il ressemblait à une gaufre. Revaux fit la musique magnifique que l'on sait et la petite note devint une bombe. J'avais réveillé le dragon ! Alors que pour moi ce n'était qu'une chanson nostalgique et sans mauvaises intentions, elle passa en

Et qu'on n'en parle plus

ouverture de tous les journaux radio du matin et, de commentaires en explications « le *France* » redevint une affaire nationale. Une fois encore la droite, cette fois-ci giscardienne, me fit savoir que j'aurais mieux fait de fermer ma grande gueule. Mais comme toujours avec la droite : trop tard... J'eus droit à la vérification fiscale d'usage, au redressement inévitable et à de multiples emmerdements dont je me suis foutu royalement. Je fis une tournée qui me conduisit à Saint-Nazaire. Alors là, le pompon ! Le palais des Sports était archicomble et le public prêt à faire revenir le bateau de force s'il le fallait. À l'entrée des artistes m'attendait la CGT au grand complet, secrétaire général en tête. Il me prit dans ses bras et me serra à m'en faire ouvrir une carie. Je ne pus résister à lui glisser très doucement à l'oreille : « Tu sais que tu embrasses un nazi, camarade ? » Depuis le temps qu'ils me traitaient tous de réac fascisant, j'avais bien droit à ma petite revanche ! En m'embrassant encore, il me répondit tout aussi discrètement : « Ne dis donc pas de connerie. » L'année

Et qu'on n'en parle plus

suivante, j'étais l'invité d'honneur d'une grande fête « d'encartement » communiste dans le Sud où, toujours par provocation, je fis garder ma Rolls par quatre apparatchiks en brassard rouge. Derrière le discours virulent de Georges Marchais contre la domination américaine et tout ce qui s'en approchait, je fis un triomphe en interprétant joyeusement « Les Ricains », « Si j'avais un frère au Vietnam », « Les Colonies » et naturellement « Le France »... C'est de loin mon plus beau souvenir. Je n'oublierai jamais la tronche de mes musiciens !

— *En fait tu n'es pas de droite !*

— Ni droite ni gauche. L'une n'a eu de cesse que de m'emmerder, l'autre de me faire taire. Je ne vote pas sauf aux municipales.

— *Et pourquoi ça ?*

— J'habite un village de mille deux cents habitants. Quand j'ai un problème, je n'ai qu'à traverser la place pour être en face du maire. Tu imagines un rendez-vous immédiat avec Bertrand Delanoë pour une histoire d'abri de jardin ? Je dois cependant reconnaître qu'à gauche il y a eu des hommes et pas des moindres qui ont pris ma défense. En criant : « Ça suffit ! Foutez-lui la paix ! » À droite jamais. D'ailleurs à droite il n'y a jamais personne... Je suis de la catégorie des anarchistes qui paient leurs impôts. J'en connais d'autres, comme Bedos ou Audiard, j'aurais pu tomber plus mal !

— *Ne m'engueule pas.*

— Tu voulais ma vérité, tu l'as ! Et j'oublie le « médiatico-parisianisme » pour qui la vulgarité ne peut être que populaire, alors qu'ils font un tapage de tous les diables et dépensent un fric fou pour présenter de la merde à la ménagère de moins de cinquante ans ; sans parler de ces animateurs qui ont le physique de leur voix et qui ramènent leur fraise sur tout, en arbitres du bon goût, comme des ayatollahs de la culture. Heureusement, sitôt virés, on les oublie. Tu comprends mieux mon mal-être ?

— *D'accord, mais ça s'est tout de même un peu calmé.*

— Non. Les cons ne dorment jamais !

Et qu'on n'en parle plus

Je n'aime pas les artistes de mon âge qui disent : « Avant c'était mieux. » D'abord parce que ce n'était pas mieux avant – souvenez-vous des âneries que nous entendions à l'époque... Le métier évolue comme il l'a toujours fait, les artistes se succèdent et ne se ressemblent pas. On continue, on ne reprend pas. Il n'y aura jamais plus de Brel, de Bécaud, de Piaf ou de Brassens ; ils seront remplacés mais pas dupliqués. Quant à ceux qui circulent à la périphérie, les passeurs de plats, les incrustés, qui sont là faute d'être ailleurs, ils ont toujours existé et existeront toujours. Suceur de roue, c'est aussi un métier. Le vrai succès finalement, c'est de devenir un jour la nostalgie de demain. Voilà. Maintenant j'arrête.

— *C'est un peu court.*
— Tu veux quoi ?
— *Trois anecdotes en quarante ans, ce n'est pas beaucoup.*
— Si tu espérais de la fesse, n'y compte pas.
— *Ben pourtant...*
— Justement !

— Mais enfin tu as connu plein de gens, tu as vécu mille choses... Tu as fait des courses de voitures, tu es pilote d'avion et je ne sais plus quoi en bateau...
— Hauturier, maman.
— Qu'est-ce que ça donne « hauturier » ?
— Le droit de se noyer profond.
— Et l'avion ?
— J'approche doucement du « réaction »...
— T'es malade ?
— Non. Tant qu'à voler, volons haut et vite. Et puis c'est passionnant. L'avion c'est le plus beau des jouets, non ? En ce moment je passe des heures à réapprendre l'anglais, les maths, à me casser les fesses dans un simulateur. J'adore !
— Ta femme vole avec toi ?
— Non, mon chien.
— C'est bien ce que je pensais.
— J'ai connu plein de gens, en effet, qui se ressemblaient comme des siamois. J'ai vécu mille fois la même chose. Dans un Paris-Dakar, je me suis planté au beau milieu du Ténéré (ce qui m'a fait écrire « Musulmanes »). En bateau, je me jette à

Et qu'on n'en parle plus

l'eau dès que je ne vois plus la terre en espérant jouer avec les dauphins.
— *T'en as vu ?*
— Chaque fois.
— *Eh bien raconte !*
— Je viens de le faire.
— *En vieillissant, c'est fou ce que tu ressembles à ton père !*
— En vieillissant, tous les hommes ressemblent à leur père. Je t'ai dit que j'avais vu un pendu ?
— *Un pendu !*
— Oui. Une nuit, un mec est venu se pendre dans la grange de Marie à Kœur-la-Petite. Au milieu de mes fromages !
— *C'est le bossu ou le pendu qui porte bonheur ?*

Quand on dit « l'omerta » on pense à la Corse. C'est stupide ; dans toutes les campagnes c'est l'omerta. Les gens de la terre parlent assez peu et ils comptent en générations. Comme tout se sait, tout le monde se tait. Pour décrocher le pendu, Marie a fait venir sa sœur qui dans la foulée nous a fait une crise d'épilepsie – d'habitude elle nous en réservait une ou deux avant les

Et qu'on n'en parle plus

soirées de bal, on l'aspergeait d'eau froide et on attendait que ça passe. Et ça passait. Le garde champêtre et le curé sont arrivés ensemble. Je n'ai pas eu peur et pourtant c'est moi, tout petit, qui l'ai découvert. Ma tête de lit s'appuyant sur la cloison de la grange, j'ai entendu un léger bruit de quelque chose qui tombe et j'ai immédiatement pensé à mes grenouilles. Dès qu'elles devenaient grosses, je les rangeais dans une bassine recouverte d'un grillage avant de les lâcher dans la mare d'à côté. Je me suis dit : « Il doit y en avoir une qui a sauté. » C'est en allumant la lampe que je l'ai vu, se balançant légèrement au-dessus d'un cageot renversé. Marie m'a remis au lit. Je ne dormis naturellement pas et la question qui m'obsédait, au milieu des allées et venues, était de savoir si ce mort allait faire tourner le lait des brebis. Je n'ai jamais su qui était cet homme. Je pense qu'il avait dû représenter quelque chose dans la vie de Marie, qu'elle s'en était débarrassée et qu'il était venu se tuer chez elle rien que pour l'emmerder. On l'enterra très vite, tout le village était là

Et qu'on n'en parle plus

sauf moi. Comme j'étais seul dans la maison, j'en ai profité pour visiter mes fromages et j'ai pu constater pour la première fois que la mort elle-même était indolore. Le lait n'avait pas viré.

— *Tu ne m'en avais jamais parlé.*

— Je viens de m'en souvenir à l'instant.

— *Quand je pense que tout le monde te fait naître à Marseille !*

C'est à cause de mes premières télés. « Il vient de Marseille ! » Je laissais dire. On m'a fait naître un peu partout et toujours dans le Sud. Marseille, Avignon, Toulon.

— *Ça vient de ton père qui vivait là-bas au-dessus de Marseille, sur la grande corniche avant la guerre. On a aussi loué un cabanon en face du Petit Nice où tu m'as repassé les oreillons !*

C'est comme les maisons. On m'en colle dans toute la France ! J'ai beau déménager souvent, je n'ai tout de même jamais couvert tous les départements.

— *Pourquoi tu n'as pas rectifié ? Tu es né à Paris.*

— Ça m'amusait. Et puis, quand je passais dans ces villes, j'étais un peu l'enfant

Et qu'on n'en parle plus

du pays. Aujourd'hui c'est au tour de Romain. Quand il va dans le Midi faire une séance de signature pour un nouveau roman, on lui rappelle qu'il a vécu ici !

—*À propos de passer dans les villes, tu ne nous aurais pas fait un ou deux enfants cachés ?*

Une année, j'ai reçu des lettres d'une fille de Biarritz qui n'en pouvait plus qu'à son boulot ses copines lui disent qu'elle était mon portrait craché. Même quand elle passait devant une terrasse de café, écrivait-elle, elle entendait les gens murmurer : « Elle va retrouver son père. » Je lui ai répondu qu'avant de venir me voir elle ferait mieux d'en parler à sa mère, mais rien n'y fit. À la sortie des artistes de la Porte-Saint-Martin je tombai sur une jeune femme brune qui m'aborda, très énervée : « Vous ne croyez pas que nous avons des choses à nous dire ? » Je lui demandai quelles pouvaient être ces choses. « Ça ne vous saute pas aux yeux ? » Non ça ne me sautait pas aux yeux. J'attendis un moment et comme j'étais crevé et que le lendemain j'avais matinée,

Et qu'on n'en parle plus

je lui demandai de se lancer. « La ressemblance ne vous dit rien ? » Je l'observai un instant ; brune, cheveux raides et mi-longs, un nez pointu, des yeux un peu rentrés, elle me fit songer une seconde à un petit corbeau un peu gras du cul. « Je suis votre fille ! Toutes mes collègues me le disent. » Je l'envoyai aux fraises et elle partit en courant, hurlant : « Je le prouverai ! » Ses collègues !... Il y a vraiment une proportion de cinglés qui n'est pas négligeable...

— *Tu devrais tout de même te méfier. Tu as vu pour Montand ?*

— Là, c'était la maman qui poussait à la roue.

— *N'empêche...*

— Catherine Allégret a écrit une phrase superbe à ce propos : « Si elle ne connaît toujours pas son père, elle sait qui est sa mère. »

— *Et que font ces grappes de filles devant ta porte ?*

— Des fans. Celles-ci ne sont pas la majorité. Je les appelle « les stationnaires ». Elles sont là où je suis. Mieux que ça, elles savent avant moi où je serai ! Non seulement elles passent leurs journées devant chez moi, mais elles se tiennent en ligne, devant toutes les entrées des artistes ou les grilles des zéniths. Aux portes des studios, que ce soit de télé ou d'enregistrement. De gentilles filles. Peu nombreuses, une petite poignée pas plus ; elles me regardent arriver ou sortir. J'ai toujours eu envie de leur demander pourquoi et surtout pourquoi si souvent. Mais je n'ai pas osé. Hier je l'ai fait. La réponse fut plutôt sympa. « Pour le plaisir. » Leurs mères les prennent pour des folles, moi aussi je dois le dire, mais c'est comme ça. Qu'est-ce qui peut bien leur manquer ? Ni amour, ni désir, elles passent simplement leur existence à suivre un inconnu des yeux. Une sorte de platonisme voyeur, sans ambiguïté. La groupie du pianiste... Cette manie devient à la longue la préoccupation essentielle d'une large moitié de leur vie. Où trouvent-elles les moyens d'être de toutes les tournées, de tous les concerts ? Quelquefois des jours entiers sur mon trottoir d'en face ? Comment s'en sortent-

Et qu'on n'en parle plus

elles ? J'en connais qui sont là depuis vingt-cinq ans ! Elles m'ont assuré qu'elles avaient une vie normale, qu'elles travaillaient, et que souvent elles s'organisaient pour se relayer ; c'est ce qui me faisait sans doute penser que ce sont les mêmes que je crois voir... Un mot, un petit signe, c'est tout ce qu'elles attendent. Je le leur donne, bien sûr, mais j'éprouve toujours un malaise. J'imagine un vide, une faille, une gerçure, quelque chose qui viendrait d'un avant. Je ne serais alors qu'un point de convergence... Il y a fan et fan. Celles dont je viens de parler sont très particulières. La majorité s'en tient à une lettre demandant un autographe ; ou, mieux encore, envoie un mot gentil pour l'anniversaire des enfants ou le mien. Nous en avons tous. Dans la chanson plus qu'ailleurs, sans doute.

Et tout au bout, il y a les haineux professionnels et les déçus. Ceux-là, c'est une autre affaire...

— *Tu nous en diras peut-être un mot ?*

— Les déçus, je les comprends. Ils se font une image exagérément retouchée et

Et qu'on n'en parle plus

un jour ils tombent sur la réalité. Ils se rendent compte que je suis comme tout le monde. Que je pourrais être leur père, leur frère, que sais-je ? Et puis tu connais la formule : « Vous êtes moins bien qu'à la télévision »... Avec le temps cette déception devient colère. Ils passent dans l'autre camp. L'amertume prend le dessus. Ils nous en veulent de ne pas être comme ils se l'étaient imaginé. Les haineux, finalement je m'en fous. Il y aura toujours un mec à la sortie d'un concert qu'il n'aura pas vu, pour s'approcher de la voiture – et toujours quand il pleut – avec un bout de papier large comme un ticket de métro, pour demander de le lui signer, pas pour lui, mais pour sa sœur ou sa mère ou qui tu voudras. Vous répondrez gentiment que vous n'avez pas le temps et immédiatement il lancera : « Sale con ! » Pire encore, les fouteuses de merde. Celles qui plantent des aiguilles dans des poupées, vous envoient des lettres anonymes dignes des vieux corbeaux de village, ou bien cette naine venimeuse qui téléphonait à ma femme dès que je passais la nuit

Et qu'on n'en parle plus

avec une clandestine. Elle a dû prendre sa retraite, on me téléphone moins...

— *Tu fatigues un peu, on dirait ?*

— Non, je m'emporte. Heureusement, tous les autres nous réconcilient avec la vie publique.

— *Babette ne s'est pas marrée tous les soirs !*

— Non. C'est le moins qu'on puisse dire. Je n'aime pas me déballer à cause de ça. On finit toujours à devoir expliquer des emmerdes dérisoires. Et puis ma vie, c'est autant celle des autres. Je la trouve d'une banalité affligeante. J'ai l'impression d'avoir toujours fait la même chose.

— *Alors pourquoi tu l'écris ?*

— Parce que j'ai acheté une ferme en Haute-Savoie.

— *Tu es paysan, maintenant ?*

— Au fond, je l'ai toujours été. Tu sais ce que c'est qu'un cadastre ?

— *Non, je suis con.*

— Eh bien, sur le cadastre, mon terrain ressemble à un oursin. J'ai besoin de remembrer un peu, histoire de poser mes barrières à chevaux en ligne régulière.

Et qu'on n'en parle plus

Pour ça il faut que je rachète un demi-hectare à mon voisin M. Perrinet. Et je t'assure que négocier la terre agricole c'est pas une mince affaire. À côté de Perrinet, Gabin c'est Mick Jagger !

— *Et alors ?*

— Et alors mon éditeur m'a dit que si j'allais au bout de ce livre, c'est lui qui m'achèterait le terrain ! Je n'ai plus qu'à ramener l'héritière Perrinet à la raison, elle me prend pour l'émir du Qatar !

— *Moi je croyais que tu avais envie de nous dire ta vérité après toutes les conneries qu'on a pu écrire sur toi !*

— Mais je la dis ma vérité ! C'est pour ça que je fatigue.

— *Fais comme pour tes chansons ! Comment tu t'y prends ?*

Depuis le temps qu'on fait des chansons, tous les sujets ont déjà été traités. Ce qui compte, c'est l'angle par lequel on aborde ce sujet. C'est pour ça que je travaille en équipe. Chacun apporte son point de vue et on finit au bout de longues soirées par trouver une certaine originalité. Pas toujours, il faut bien le reconnaître... En ce qui me concerne, j'ai opté pour la méthode Aznavour, celle qui consiste à tourner autour du titre. Ne jamais le perdre de vue et, si possible, terminer en reprenant le premier couplet. Je ne me vois pas dans un livre de Mémoires terminer encore une fois par le premier chapitre ! À moins d'adopter le principe de la réincarnation immédiate et perpétuelle de la même vie mille fois répétée jusqu'au nirvana final.

J'aime aussi la formule qui consiste à se contredire d'un texte à l'autre. Je m'en suis servi beaucoup. Ça m'arrangeait d'être quelqu'un d'autre.

— *Je ne comprends pas ce que tu veux dire. J'ai du mal, là.*
— Moi aussi.
— *J'insiste ou je la ferme ?*
— Comme si tu pouvais la fermer !
— *À propos de nirvana, tu vas toujours chez ta voyante ?*
— Oui.
— *Elle voit bien ?*
— Je ne sais pas trop. J'oublie tout dès que je sors de chez elle. Elle m'a dit que

Et qu'on n'en parle plus

j'écrirais un livre et que ma femme aurait des ennuis de santé. On est en plein dedans.

— *Qu'est-ce qu'elle a ?*

— Une histoire de transfusion sanguine qui lui a passé une hépatite C.

— *Et la sorcière a vu que ça irait mieux ?*

— Anne-Marie m'a demandé de ne pas en parler.

— *On n'en parle pas, on veut juste savoir ce qu'a vu la voyante.*

— N'en parlons plus.

— *Mais ta réponse est ridicule, en ne répondant pas tu vas inquiéter tout le monde.*

— Elle m'a justement dit de ne pas m'inquiéter !

— *Là au moins, c'est clair. N'en parlons plus.*

J'avais une vague idée de ma personnalité, et la certitude qu'elle ne collait pas avec ce que j'enregistrais. « Les Bals populaires » sont nés à contrecœur, car au fond ils me plaçaient d'entrée dans une catégorie qui n'était pas la mienne. Évidemment le succès fit passer la pilule, mais quand il

Et qu'on n'en parle plus

fallut remettre ça sous une autre forme, j'ai tout envoyé paître. Les producteurs exploitaient un filon, c'est tout. Ils se foutaient complètement de mes aspirations. Populaire certainement, mais pas n'importe comment. Mais qu'est-ce qu'ils comprennent, les producteurs ? Si la merde rapportait de l'or, ils en feraient des conteneurs. Rien n'a changé sous le soleil.

— *Mais ça plaisait au public !*

— Oui. Et tant mieux. Mais à vingt ans, on veut le monde ou rien. À vingt ans on se cherche.

— *Tu t'es trouvé comment ?*

— En prenant le contre-pied de tout ce que j'avais sorti.

— *Il faut reconnaître que tu es le roi du contre-pied.*

— Ce fut une catastrophe commerciale, parce que je perdis le public qui avait aimé les premiers disques, et puis je devins quelqu'un d'autre.

— *Tu te ressemblais mieux ?*

— Non plus. Mais je préférais jouer à être celui-là.

Et qu'on n'en parle plus

— *C'est bien ce que je dis : il te faut un psy ! Mais alors tu es qui ?*
— Un menteur professionnel.
— *C'est qui ta voyante ?*
— Yaguel Didier. Une petite femme charmante qui dévore comme un ours.

Le métier que je fais a toujours eu une mauvaise réputation, mais j'en connais beaucoup d'autres qui la méritent vraiment.

On surestime la célébrité. On s'y voit déjà ! Qu'est-ce que tu veux faire plus tard ? Je veux être célèbre. Pauvre con. Je ne peux pas m'empêcher de songer à ces milliers d'êtres posthumes qui n'ont connu la gloire qu'après leur mort et derrière une vie de travail acharné. Et en face tu as quoi ? Paris Hilton ! Je sens que je vais me mettre en colère...

— Tu m'as coupé, qu'est-ce que je racontais ?
— *Que tu avais une vie banale de paysan et que tout le monde s'en fout.*
— Si pour ce livre, j'avais préparé un plan, ce que je n'ai pas fait, il y aurait eu

Et qu'on n'en parle plus

quoi ? Ma naissance, l'école, l'armée – je précise l'armée sans guerre –, trois mariages, des enfants, ma profession, mes petits-enfants. Aurait-elle été si différente des autres ? Ajoutons comme chez tout le monde les emmerdes administratives et diverses, quelques cuites de célébration, une ou deux aventures extraconjugales, histoire de se vanter un brin et puis finalement quoi ? « Vous voulez bien signer un autographe pour ma grand-mère ? Elle vous adore » !

— *Tu nous la joues très humble, là ! Une ou deux aventures extraconjugales, ne nous prends pas pour des demeurés. Tu oublies la liberté de la presse ! On les a vues, tes extras ! On les a même comptées ! Quant à l'armée, s'il n'y eut pas la guerre tu as quand même fait très fort !*

— La faute à qui ?

— *Les maîtresses ou l'armée ?*

— J'ai dit pas de fesse !

— *Bon. Alors l'armée ce sera moins long.*

En ne dissociant pas l'interprète de ce qu'il chante, beaucoup ont pensé que « Le Rire du sergent » était une histoire

Et qu'on n'en parle plus

vécue. Certains même firent un amalgame bizarre en l'appelant « La Fille du sergent ». Naturellement, rien de ce genre n'est arrivé.

Là j'ai besoin d'un court flash-back. Je suis de la classe 66. On m'envoya ma convocation pour les fameux trois jours à Vincennes, où je me rendis avec l'enthousiasme qu'on devine. J'eus beau ingurgiter des paquets de cendres de cigarette dans des cafés froids, me coucher avec sous les aisselles deux petits cigares mouillés, dans le but de me rendre fiévreux pour la visite, j'échouai lamentablement. Le major me dit : « Mon garçon, tu es bon ! » Et puis plus rien. Aucune nouvelle jusqu'à la visite d'un motard à mon domicile de la rue Chappe. Il s'était écoulé un an et demi ! Le gendarme vérifia que j'étais bien moi et me demanda si nous pouvions causer un moment. Je cherchais à fond la caisse quelle connerie j'avais pu faire, mais je me rendis compte très vite qu'il n'était pas là pour une contravention.

Et qu'on n'en parle plus

— Vous êtes dans la merde, monsieur Sardou.
— Ah bon ?
J'eus la certitude que s'il était chez moi pour m'inquiéter, il n'enquêtait sur rien.
— Vous n'avez jamais répondu à l'appel, et refusé de vous présenter à la caserne que vous indiquait votre feuille de route. Vous êtes donc accusé d'insoumission par l'armée française.
— Mais je n'ai jamais rien reçu !
— Nous savons. Elle vous a été adressée au 12 de la rue Fontaine.
Je reprenais en pleine gueule La Cabane Bambou, le Chalet suisse et Bagatelle !
— Mais c'est là où je suis né ! Pour les trois jours, ils m'ont trouvé chez moi. Ici !
— L'administration...
— Mais je l'emmerde, moi, l'administration !
C'est fou comme la gendarmerie est calme. Ils sont blindés ces mecs ! Ou plutôt ils sont neutres. Ils vous font tomber le ciel sur la tronche, et eux complètement zen ! Sans moufter.

Et qu'on n'en parle plus

— Je vais vous donner un conseil. J'ouvre mon carnet où j'écris que vous reconnaissez vos torts et que vous vous présenterez immédiatement dès que vous recevrez votre nouvelle affectation. Vous signez et tout se passera bien.

— Mon cul ! Je ne reconnais rien du tout et je ne signerai rien !

— Dans trois mois, monsieur Sardou, vous ne serez plus insoumis mais déserteur.

— Eh bien je ferai comme Boris Vian, j'écrirai au président.

— Il est général, monsieur Sardou.

Malheureusement je ne suivis pas les conseils de mon motard et trois mois plus tard, alors que j'étais en scène à Bobino, je vis apparaître deux autres gendarmes côté cour et jardin. Il y avait une petite différence qui me glaça un peu. Ils avaient deux bandes rouges sur la couture du pantalon. La prévôté ! Là on ne rigole plus. Je me mis à chanter faux comme une vache et je sortis dans l'indifférence générale. Ensuite menottes, fourgon, train et camp disciplinaire. Je n'eus pas le droit de pré-

Et qu'on n'en parle plus

venir quiconque et j'entrai directement par le poste de police. C'est là où j'en arrive au « rire du sergent ».

L'armée, c'est le miroir des hommes ; au moment de déclarer ma profession, j'annonçai « artiste » et, comme partout, lorsqu'on est artiste et un artiste inconnu on fait forcément un métier de pédé. Le type qui prononça cette phrase n'eut pas le temps de la finir. La fatigue du voyage, la peur aussi, avaient décuplé mes forces. Je lui pétai la rotule et lui ouvris l'arcade. Ils se mirent à quatre pour me maîtriser. Quand je me bats, je suis solide comme une enclume. Le connard était sous-officier : au trou ! Vous savez maintenant que le « Rire du sergent » n'était ni une attaque ni une revanche. Le « pédé » c'était moi !

— Qu'est-ce que tu dis, maman ?

— *Rien. Je pense aux démarches qu'a dû faire ton père pour les convaincre que tu n'étais ni insoumis ni déserteur et au mal qu'il s'est donné pour te sortir de ce camp disciplinaire.*

— J'ai même eu droit à une permission spéciale. Directement de Pierre

Et qu'on n'en parle plus

Messmer, alors ministre des Armées. On me donnait trois jours afin de participer au festival de la Rose d'or d'Antibes. Ce fut la honte de ma vie. Le décorateur avait eu la belle idée de poser un rosier grimpant sur le pied du micro. Il m'arrivait au menton et j'avais la boule à zéro. Je te laisse imaginer la tronche que je présentais au public ! Une grosse bille olivâtre sur un buisson fleuri ! Et tu sais ce que je chantais ? Je te le donne en mille : « Le Visage de l'année » !

— *Comme quoi le ridicule ne tue pas toujours.*

— Si quelqu'un a une photo, je serais content de la lui racheter.

À ma libération, j'ai bien cru que tout était fini pour moi. J'envisageais même de m'engager sept ans, afin d'apprendre un métier. Je souhaitais la marine... Et puis non. J'ai poursuivi. J'enregistrai « Les Bals populaires » et « Mourir de plaisir », et j'entrai pour de bon dans le monde infiniment petit des reflets et des ombres.

Et qu'on n'en parle plus

— *Ça fait combien d'années aujourd'hui ? Je veux dire pour la chanson.*
— Un peu plus de quarante ans.
— *Tu regrettes ?*
— Franchement non. Comme tu l'as bien compris j'ai adoré le public. Quant aux autres... j'ai finalement toujours fait ce que j'ai voulu.
— *En fin de compte, tu ne nous montres que le haut de l'iceberg. Tes amours tu ne veux pas en parler, soit. Tes amis non plus. Tes drames encore moins. Tu en eus pourtant, comme nous tous.*

C'est un choix. En impliquant mes amis je leur ferais forcément partager mon point de vue, ce qui n'est pas juste ; ce que nous avons vécu ensemble, ils ne l'interprètent pas formellement comme moi. Et je les vois mal corriger un livre. Mes drames et, tu as raison, j'en ai eu, m'obligeraient à engager des personnes encore trop fragiles pour bien comprendre, comme il faut, le regard que je porte sur elles. Quant à mes amours, elles ont été splendides et sont bien rangées dans une de mes mémoires secrètes où elles

Et qu'on n'en parle plus

gardent tout leur éclat. Et puis parler de soi ne veut pas dire dresser un inventaire. J'ai oublié le numéro des années. Le nom des rues...

— *J'entends bien. Le chaos a toujours été pour toi le degré le plus achevé de l'organisation. Il n'y a qu'à voir comment tu ranges tes affaires ! Et combien de fois as-tu déménagé à peine installé !*

— Tu te fous de moi ? Je t'ai toujours connue pliée sur des cartons.

— *Oui, mais moi je restais tout de même un peu. Le temps que ton père se souvienne où il habitait...*

Charles Aznavour, pour lequel j'ai une très grande admiration, avait acheté je ne sais plus quand une splendide maison sur un terrain de golf près de Paris. Il l'avait payée une fortune et entreprit des travaux gigantesques intégrant même un vrai studio d'enregistrement. Quand tout fut terminé, il s'installa à son piano et se mit en tête « d'essayer de faire une chanson ». Rien ne vint. Il vendit la maison dans la semaine !

— *Et tu trouves ça malin ?*

Et qu'on n'en parle plus

— Oui. Je suis persuadé que les maisons ont une âme. Quelquefois elles ne veulent pas de vous, et font tout ce qu'elles peuvent pour se rendre invivables. Je ne suis jamais tombé sur un fantôme mais je sais qu'il y en a.

— *Tu penses au bébé dans ton château ?*

— Entre autres.

— *Quelle idée aussi d'acheter le château du maréchal de Saxe !*

— Si tu veux raconter, raconte bien. J'ai commencé par le louer en vue de l'acheter. Ce que je n'ai pas fait. C'était une idée de Michel Audiard qui s'y trouvait très bien pour écrire et qui y avait passé quelque temps.

— *C'était où ?*

— Verneuil, Breteuil... je ne sais plus. Il y avait cinquante hectares devant, une trentaine derrière, deux fermes, une chapelle, un prieuré et on m'avait offert la championne de France des vaches laitières du Salon de l'agriculture, qui donnait dix-sept litres de lait par jour et était plus grosse qu'un buffle ! J'y suis resté le

Et qu'on n'en parle plus

week-end de Noël. Juste le temps de compter qu'il y avait cent quatre pièces plus les services et les caves. On a brûlé deux mille cinq cents litres de fuel en soixante-douze heures pour chauffer le rez-de-chaussée en vain. Nous avons fini dans une toute petite salle de jeu devant une cheminée plein pot et en gardant nos manteaux. C'est là que nous avons entendu le bébé pleurer.

— *C'était un chat.*

— Il y avait quatre bergers allemands pour garder la propriété et qui, tu peux me croire, n'étaient pas des câlins. Ils étaient tous collés contre la porte d'entrée, en alerte mais les oreilles basses.

— *Vous étiez combien ce soir-là ?*

— Huit en tout. Nous avons cherché partout, rien. Et il ne pleurait jamais à la même place.

— *C'était le vent dans les tuyaux...*

— Non. On a écouté tous les tuyaux. Et les chiens reniflaient le plancher. Puis il s'est arrêté d'un coup. Je suis monté me coucher dans le lit où, paraît-il, avait dormi Louis XVIII de retour d'exil, mais

Et qu'on n'en parle plus

avant j'ai voulu me laver les dents et me raser. En appuyant sur le bouton de mon Philips Electric, j'ai entendu un pupitre de violons qui plaquait méchamment un *fa* majeur ! On s'est tous barrés le lendemain matin.

— *Tu aurais pu enquêter.*

— Pour trouver quoi ? Qu'il y avait un squelette de bébé emmuré dans le salon ? Non merci. J'en ai connu deux autres, un chez Dino De Laurentiis à Monaco, l'autre à Venise. Mais ceux-là n'étaient pas inquiétants. C'étaient des fantômes farceurs. Ils piquaient les clés ou bien changeaient les objets de place. On ne les entendait jamais et on ne les rencontrait jamais non plus. Tout le monde les aimait d'ailleurs beaucoup.

On hésite toujours à raconter ces anecdotes de peur de passer pour un imbécile, mais je suis certain que beaucoup ont connu plus ou moins ce genre d'aventures.

— *Tu as au moins la franchise de ta stupidité.*

Et qu'on n'en parle plus

— Maman, j'écris, et j'écris comme ça vient. Ça ne sera peut-être pas dans le livre...
— *Espérons-le.*

Je ne peux m'empêcher de songer qu'à la fin de ce mémoire j'aurai l'âge de mon père lorsqu'il est mort. Mon Dieu ! comme je regrette de ne pas l'avoir mieux connu. Ni l'un ni l'autre n'avons su faire le premier pas. Il m'observait, je le sais bien, mais pas un mot. La confidence n'aura jamais été son truc. Il espérait peut-être que je le découvrirais tout seul à un moment précis de ma vie ? J'essaie, papa, j'essaie... S'il ne fut jamais une grande vedette, il a toujours été très aimé du public. Il devint comédien sur le tas, à l'école du music-hall et du cabaret. Comme beaucoup. Aujourd'hui on catégorise, on classifie, on étiquette. De son temps, on était de toutes les disciplines. Comme les clowns qui savent tout faire : acrobates, musiciens, mimes, comédiens, chanteurs, et qui font rire les enfants en prenant des coups de pied au cul. J'adore

Et qu'on n'en parle plus

les clowns ! Une fois la rampe éteinte, une fois démaquillés, ils se noient dans la foule qui ne les reconnaît pas. Et tant qu'il y aura des enfants ils seront toujours là. Qui peut en dire autant ?

Bien que dans sa vie privée il fût un rien sinistre, mon père, en scène, aimait faire rire. Je ne l'ai vu que deux fois dans un rôle dramatique : *Six personnages en quête d'auteur* de Pirandello et *Les Espions*, un film de Clouzot. Il était formidable. Mais comme il était heureux quand, pour la rentrée prochaine, il nous annonçait : « Je vais jouer une connerie magnifique ! » Quelle obsession, ces rentrées ! Combien de fois j'ai entendu : « On est en avril et je n'ai rien signé »... Alors qu'il allait reprendre le personnage créé par Raimu dans *Marius*, au théâtre Sarah-Bernhardt, Marcel Pagnol le mit en garde : « César est amusant parce qu'il est pittoresque, mais tu vas jouer un drame. Ne l'oublie pas. » Il en fit la plus belle reprise.

— *Même Jean-Jacques Gautier l'a trouvé mieux que Raimu !*

—Non, maman, on ne peut pas être mieux que Raimu.

— *Si, monsieur. Ton père !*

— Bon. Comme tu voudras.

En ce temps-là, la critique avait un poids considérable. Surtout celle d'un Jean-Jacques Gautier qui pouvait, à elle seule, arrêter une pièce dans les quelques jours suivant sa parution dans le journal.

J'ai eu la chance, moi aussi, de travailler avec Pagnol. Il souhaitait que j'écrive une comédie musicale en partant d'un raccourci de sa trilogie *Marius, Fanny, César*. J'allais le retrouver dans son hôtel particulier de la villa Saïd où je l'écoutais parler.

— *Et qu'est-ce que ça a donné ?*

— Malheureusement rien. Il avait vendu les droits aux Américains et *Le Bar de la marine* ne pouvait être adapté que par un auteur de chez eux.

Et puis Raimu fait partie de la famille. C'est à cause de lui que mon père est venu au monde dans la salle des pas perdus de la gare d'Avignon.

Et qu'on n'en parle plus

Florence, ma grand-mère – que Raimu appelait Sardounette pour la faire enrager –, interprétait une Vénus marseillaise dans une revue qu'il jouait à Paris avec mon grand-père. « Les Comiques à l'huile » !

— *Il lui aurait bien fait plus que ça !*
— Va te coucher, maman.

Elle était enceinte et commençait à prendre des rondeurs inadéquates pour Vénus, mais Raimu s'obstinait : « Puisque je vous dis que c'est nerveux ! » avec cette impatience inimitable qui rappelait le « Tu me fends le cœur. Et moi ? Je te fends rien ? » Il fallut la conduire d'urgence à la gare pour qu'elle se rende à Toulon ; à l'époque c'était la tradition des Sardou : il fallait naître à Toulon... Au changement de train, elle accoucha en Avignon. Ce fut la fin de la tradition. Je n'ai pas connu mes grands-parents paternels. Ils sont enterrés à Casa dans ce Maroc qu'ils adoraient et, même quand ma fidèle Rama, qui s'occupait aussi bien de mes garçons que de ma maison, a tout fait pour les retrouver, je ne sus jamais où ils reposaient.

Et qu'on n'en parle plus

À propos de mon grand-père Valentin, une histoire me revient. Bien avant la radio et alors que les disques étaient encore des rouleaux qu'on écoutait dans un cornet doré, il fut l'ennemi mortel de Maurice Chevalier. Les vedettes de cette époque étaient régionales. En gros, Chevalier avait le Nord et mon grand-père le Sud. Un jour, Maurice s'aventura sur les terres de Valentin et il se fit jeter par un public marseillais partisan à mort. Comme il l'est encore un peu. Chevalier ne lui pardonna jamais. Dans ses Mémoires, il ne se prive pas de le traîner gaiement dans la boue. Je ne sais plus du tout ce qui valut une telle notoriété à mon grand-père, mais je sais qu'il manqua de nez. Il ne vit rien venir. Ni la radio, ni le disque, ni l'évolution du métier. En fait, il passa complètement à côté de la modernité... Il descendit lentement dans l'oubli général alors que Chevalier devint la star mondiale que l'on sait. Un jour, mon père m'emmena au Fouquet's. C'était l'endroit incontournable où tous les artistes aimaient

Et qu'on n'en parle plus

s'installer pour l'apéritif. Je marchais à peine. On y croisa Maurice : « Tiens, lui dit mon père, je te présente le petit-fils du syphilitique. » Maurice me prit dans ses bras et lui répondit : « On avait l'âge d'être susceptibles et méchants l'un comme l'autre. » Des années plus tard à l'Olympia, en matinée, on vint me prévenir que M. Chevalier était dans la salle et qu'il désirait me saluer dans ma loge. Je vis entrer un très vieux monsieur appuyé sur une canne, il me serra dans ses bras et me dit : « Tu as raison de vouloir être populaire. » Ce fut le dernier spectacle qu'il vit. J'appris sa mort quelques jours plus tard. Les deux ennemis s'étaient réconciliés... dans ma loge.

— Ce qui m'a fait rire, c'est ce que t'a dit Trenet à propos de ma chanson.
— Quelle chanson ?
— « La Fille aux yeux clairs ». Tu ne te souviens pas ?
— Non.
— Il est entré et il t'a lancé : Ah ! j'ai adoré la « mer » !

Et qu'on n'en parle plus

— Maman, encore une fois ce n'est pas de toi qu'il s'agit dans cette chanson. Tu n'as pas les yeux bleus et puis tu n'es pas blonde. Elle raconte la découverte que font tous les adolescents à propos de leur mère.

— *Quelle découverte ?*

— Qu'elles ont, elles aussi, un sexe. Qu'elles ont aimé l'amour si tu préfères.

— *J'ai jamais rien compris à tes textes ! C'est comme « Je vole », ce n'est pas un enfant qui se tire c'est un enfant qui se tue.*

— Tu n'es pas la seule.

— *Excuse-moi, avec Aznavour je comprends tout.*

On en dit des choses dans les loges ! Beaucoup de compliments, mais passons... Beaucoup de vérités mais passons encore... Du temps du palais des Congrès, Barbara s'étant fatiguée de me voir toujours habillé en noir – elle oubliait qu'elle-même... mais bon – vint donc la première semaine pour coudre des paillettes bleues sur ma ceinture. « Ça égaiera un peu cette fausse image que tu donnes de toi. » Elle n'assistait jamais au spectacle, elle l'écoutait par le mouchard.

Et qu'on n'en parle plus

À la fin, lorsque commençait le défilé des invités, elle s'enfermait – assise sur une chaise – dans le grand placard des costumes. Elle n'était sociable qu'une fois apprivoisée. Comme elle insistait pour que je ferme la porte à clé de peur qu'on puisse la découvrir, une nuit je l'oubliai. Ce n'est qu'en entrant dans ma voiture que je m'en rendis compte. Il fallut donc que j'explique au vigile qu'il devait absolument rouvrir le couloir des loges parce que Barbara était dans le placard. Il fit une tronche, je ne vous dis pas... Une autre fois, elle débarqua à Reims où je passais en tournée. Elle avait une envie de comédie musicale. Après un dîner somptueux dans l'orangerie du château de Moët et Chandon, elle me rejoignit dans ma chambre d'hôtel pour m'en dire un peu plus sur cette étrange comédie. Une diva qui se faisait poignarder par un fan ! On y passa la nuit. Vers 8 heures du matin, elle regarda par la fenêtre et s'aperçut que c'était jour de marché : « Je vais descendre t'acheter un pull. » Moi, je m'endormis. À mon réveil je trouvai le pull mais, malheureusement, plus jamais Barbara... Elle joua sa comédie avec Gérard Depardieu, moi je repartis en tournée, elle aussi, et un matin j'appris qu'elle ne reviendrait plus.

Une remarque de mon père m'a beaucoup amusé :
— Que tu sois tendu dans tes chansons, je comprends. Elles parlent de sujets lourds et pas souvent marrants. Et puis tu prends des tonalités extrêmes. Mais entre les chansons, souris ! Fais-leur comprendre que tu es content qu'ils applaudissent !

Il ne m'avait jamais autant parlé. Être populaire, malgré ce qu'en pensent les snobinards, c'est un don du ciel. Peu d'hommes peuvent s'en vanter. Quel bonheur trouve-t-on à ne chanter que pour une chapelle, un clan ? Autant se faire curé ! Une foule devant soi qui vous accueille, c'est extraordinaire, c'est encore mieux que l'amour !
— *Ne te gêne pas, pique à Guitry !*
— Mais je m'en prie.

Et qu'on n'en parle plus

— *Tu m'as vue dans « N'écoutez pas mesdames »?*
— La scène du Lautrec? Tu étais magnifique.
— *Tu devrais la reprendre un jour.*
— Un jour, oui… peut-être.
— *C'est fou comme tu traînes les pieds! Tu es content de commencer et très vite on dirait que ça t'emmerde.*
— C'est vrai que j'ai une préférence pour les débuts. Entreprendre me passionne mais une fois que tout est mis en place, la routine m'ennuie. Tu sais ce que disait Brialy? Jouer c'est comme l'amour, finalement c'est toujours pareil.
— *Oui mais on aime toujours ça.*
— On aime encore mieux les amours nouvelles.

Tout en parlant d'autre chose, derrière je cherche mon père. J'ai du mal. Il est en fond de tableau. Même ses traits se sont estompés. On me dit que je lui ressemble, mais là-dessus, j'ai déjà répondu. Beaucoup de femmes ajoutent, les yeux brillants, qu'elles se souviennent de lui comme d'un homme charmant. Oui, oui, je vous remercie, mesdames. Je les imagine cinquante ans plus jeunes !

— *Je peux t'aider, si tu veux ? Ton père avait peur de deux choses. Celle de manquer et celle de la mort. En réfléchissant ça n'en fait qu'une ; ne plus jouer, pour lui, c'était mourir et une fois mort on ne joue plus. Il souffrait d'une inquiétude chronique. Un obsédé du « que sera demain ? », quand tout allait bien, il se faisait encore plus de souci : ça ne pourrait pas durer. J'ai passé mes nuits à le remonter ! Le pire c'est que ça ne restait qu'entre nous. Dès qu'il mettait le pied dehors il jouait à être un autre. J'allais oublier sa marotte. Tu te souviens qu'il était chevelu comme un galet ? Il a passé sa vie à chercher la potion magique qui lui ferait repousser ses cheveux. Tous les charlatans des Indes aux Amériques ont défilé à la maison et chaque fois pour rien. Après chaque séance il me demandait de toucher pour sentir un petit duvet qui revenait. C'est dans sa tête, pas dessus, qu'il revenait ! Il finissait au crayon et m'a salopé toutes mes taies d'oreiller... Un homme charmant, comme elles disent !*

Et qu'on n'en parle plus

—Arrête, tu ne m'aides pas. Une fois le pas franchi, on n'a jamais peur d'entrer en scène, on craint de ne plus y monter. Combien de fois j'ai entendu : « Est-ce que vous avez le trac ? » Qu'est-ce que le trac sinon la peur de se montrer ? La première fois je peux comprendre ; mais ensuite ce fameux trac devient une irritation de bien faire. Tous les artistes ont deux vies mais la plus importante n'est jamais la vraie. Nous ne sommes nous-mêmes que dans la peau d'un autre. Lorsqu'il jouait à l'homme charmant, il l'était vraiment. Pour lui, vivre sans projet c'était vivre sans lendemain. Que font les hommes à la retraite ? Une ou deux fois les îles et puis ils s'emmerdent.

—*Il y a des exceptions... Tu vas écrire la mort de papa, là ?*

—Non pas tout de suite.

Dans mes chansons, on retrouve souvent le thème de la famille. Faute d'en avoir eu une vraie. Quand je dis « une vraie » c'est idiot : une normale. De celles dont on rêve mais qui n'existent pas. Je n'aurai été ni un bon fils ni un bon père. Le fils fut indifférent et le père absent. La mère de Romain et Davy les a élevés parfaitement. Mais elle les a élevés toute seule. Moi, j'étais sur les routes...

— *Et si c'était à refaire ?*

— Si c'était à refaire, maman, tout serait à refaire.

Les actes manqués figurent, eux aussi, dans les sujets privilégiés. Le public y est très attaché. À croire que lui aussi connaît bien la question. Lorsque nous travaillons face à face, Robert et moi, lui qui est si discret me déballe à travers ses départs des petits bouts de lui-même. Je fais semblant de ne pas m'en apercevoir. Lui fait semblant d'avoir choisi ce sujet parce qu'il convenait bien à ma voix... Mes compagnons auteurs-compositeurs qui écrivent à mes côtés ne s'attachent qu'à une règle, celle du poker menteur.

La page blanche n'existe pas. Le texte est déjà dessus, la difficulté est de le trouver. C'est en minuscule le marbre de Michel-Ange. La statue est déjà dans le bloc. Combien de fois nous sommes partis sur une seule phrase puis, la mélodie nous

Et qu'on n'en parle plus

obligeant à une forme, nous nous sommes retrouvés à l'opposé de ce que nous voulions dire. Musique avant, paroles avant, il n'y a pas de règle. Quelquefois les deux en même temps. Dans « Vladimir Ilitch », Delanoë était obsédé par le voyage en wagon blindé. Moi, ce qui m'attirait était une phrase taguée sur un mur de Prague par un jeune résistant : « Lénine réveille-toi, ils sont devenus fous. » Finalement le titre fut « Vladimir » et le refrain « Lénine réveille-toi ! » Le travail en équipe est une suite de compromis. Je ne voulais pas enregistrer « Le Connemara ». Je pensais que plus de sept minutes sur un mariage irlandais allaient emmerder tout le monde. Revaux a tenu bon et il a bien fait.

On me dit que la chanson va mal. Mais qu'est-ce qui va bien ? Elle ne va pas mal, elle évolue. Le public l'écoute autrement. Je n'aime pas dire « consomme », mais avec les nouvelles technologies, il peut faire son marché en ligne et acheter les titres qui lui plaisent. Il n'a plus besoin de l'objet. Que ça nous plaise ou non, il est déjà trop tard. Qui aurait dit il y a seulement quinze ans qu'on pourrait enregistrer un album entier sur un portable Mac dans une chambre d'hôtel ?! Ce qui n'enlèvera jamais le besoin d'écouter un bon texte sur une bonne musique chanté par une belle voix !

Le théâtre, au moins, c'est annoncé. On sait d'avance que sur quatre-vingts spectacles, quatre tiendront la saison. Bon appétit messieurs ! Et puis ça reste artisanal. Pas de loi du marché. S'il en faut un peu, l'argent n'est pas obligatoire. C'est du bouche à oreille. Sans doute le dernier endroit où le public est roi. Je disais quoi ?

— *Tu m'apprenais à connaître ton père.*

J'ai mis des années à comprendre pourquoi on se trimballait de déménagement en déménagement avec cette grosse cage à oiseaux. Vingt-quatre serins ! Qui faisaient un bruit d'enfer et salopaient tout. Ça venait de Montesson où un matin il avait décidé d'aller chasser en se promenant en bord de Seine. Il aperçut une grive, il fit feu et la coupa en deux. La tête et la moitié du ventre étaient partis en fumée, le reste était resté accroché sur

Et qu'on n'en parle plus

ses pattes. La pauvre bête avait gelé sur sa branche. Il en fut malade et pour se faire pardonner il acheta ces oiseaux dont il prit soin durant des années. Ils étaient si vieux qu'on faisait venir un vétérinaire pour leur faire des piqûres contre l'arthrite !

— *Toi aussi tu as chassé.*

— Oui. En Afrique. Et j'ai vendu mes fusils en rentrant. J'avais abattu un buffle avec une carabine à lunette – autant dire aucune chance pour lui et moi aucun mérite –, le soir on nous servit des boulettes très épicées à l'apéro. J'ai demandé ce que c'était et le patron du camp me dit que c'était mon buffle du matin. Quatre petites boules – calibrées couilles de basset – d'un animal qui pesait sa tonne ! Je n'ai plus jamais chassé. J'ai été invité en Corse, dans un domaine magnifique où tous les rabatteurs faisaient de leur mieux pour m'envoyer le plus gros sanglier, j'ai fait exprès de tirer au-dessus. Ils ne m'ont plus invité.

— *Tu as battu un record en Corse. Tu y es resté six ans !*

Et qu'on n'en parle plus

— C'est un pays magnifique. Et pourvu que ça dure, comme disait la mère de Napoléon. Je suis de tout cœur avec ceux qui se battent bec et ongles pour éviter le bétonnage systématique de leur côte.

— *Tu habitais bien dans un domaine ?*

— C'est exact, mais le promoteur m'avait dit qu'il n'y aurait que trente maisons, toutes avec un grand terrain autour, qu'on ne verrait pas ou très peu de la mer. Il avait « oublié » de m'avertir que juste à côté, presque en face de la grille, il en pousserait soixante-dix autres ! Et pas dans le style corse avec mur en pierres, ça tu peux me croire. Un Allemand s'est fait construire un bunker en haut d'une colline – c'est-à-dire qu'on ne voit que lui – avec un toit en tuiles rouges incliné béret basque, juste à côté d'une bicoque en crépi agrémentée d'une rivière enchantée et de nains de jardin ! Je me suis barré en courant.

— *Tu n'y vas plus ?*

— Si. Mais j'habite sur un bateau. Là, au moins je n'emmerde personne. Et puis j'aime les Corses. Quand j'entends toutes

Et qu'on n'en parle plus

les âneries qu'on balance à leur sujet j'en suis presque à souhaiter leur indépendance.

— *Tu vas encore te faire des amis !*

— Je m'en fous.

— *Tu ne peux pas nier qu'il y en a quand même des sévères ?*

— J'en ai connu un, oui. Justement le fils d'un ami de papa – celui qui était maire de Cassis quand il a acheté le voilier de Tino Rossi. Il faisait publier des articles vengeurs dans *Nice-matin* parce qu'il était jaloux de mes oliviers ! Reconnais qu'un con dans le golfe de Saint-Cyprien c'est très en dessous de la moyenne métropolitaine !

— *Tu ne vas pas nous sortir la Constitution de Paoli ?*

— Et pourquoi pas ? Elle était bien pensée.

Parler de soi se situe entre la déposition et le testament. On cherche à être le plus précis possible, le plus équitable, mais avec les années écoulées, le périmètre devient brumeux, on se perd soi-même.

Et qu'on n'en parle plus

En refusant la chronologie, je saute du coq à l'âne, courant le risque de me contredire ou de me répéter ; et puis avouons-le, j'ai avancé à reculons comme les crevettes. J'ai même failli ne jamais aller nulle part.

— *Ton accident de voiture dont tu n'as parlé à personne ?*

— Si. J'ai dit à je ne sais plus qui que je n'avais plus de bagnole.

Avant qu'on y construise le palais des Congrès, la porte Maillot était très différente. Un grand rond-point à l'ancienne sous lequel passait un tunnel qui reliait l'avenue de la Grande-Armée à celle de Neuilly. Ce tunnel n'était qu'un long virage très serré et légèrement en dévers. J'avais une Dauphine d'occasion – genre boîte à savon montée sur roues de vélo. Ce matin-là, je devais signer mon fameux premier contrat chez Barclay. J'entrai dans le virage à fond la caisse, les roues se bloquèrent et la voiture partit en tonneaux pour finir sur le toit dans une gerbe d'étincelles. Le pare-brise ayant éclaté, je me retournai et m'extirpai sur

Et qu'on n'en parle plus

un tapis de bris de glace en déchirant mon blazer. Je traversai la route aussi vite que je pus, craignant que la Dauphine ne prenne feu. Deux secondes plus tard une autre voiture entrait à son tour dans le virage et venait s'encastrer exactement à l'endroit où j'avais rampé pour sortir. Le choc fut effrayant. Le conducteur était affalé sur son volant et ne bougeait plus. La voix d'un homme que je n'avais pas entendu venir me fit sursauter :

— Ce n'était pas votre jour, jeune homme.

Il me tendit un flacon d'alcool.

— Buvez une goutte, vous en avez besoin.

Tout mon corps tremblait et j'étais en sueur. Machinalement je bus, ce qui ne changea rien. J'étais incapable de bouger. Les policiers et les pompiers arrivèrent très vite ; l'un d'eux s'approcha de moi pour me poser une question que je n'entendis pas. Constatant mon état, il appela une ambulance qui m'emmena aux urgences d'un hôpital voisin. On me fit une piqûre et je

Et qu'on n'en parle plus

me sentis mieux. Un nouveau policier me demanda ce qui s'était passé :

— Je ne sais plus bien. J'ai perdu le contrôle et... Comment va l'autre ?

— Sonné mais ça ira. Remplissez votre déclaration et signez en bas.

— Et le témoin ?

— Quel témoin ?

— Celui qui m'a donné à boire. Il a tout vu, lui.

— Il n'y avait personne, mon garçon. Ce tunnel est interdit aux piétons. Et vous n'avez rien bu.

Des années plus tard, j'écrivis « L'Accident » où j'essayais de faire passer l'hébétude qui suit un tel événement, mais je ne parvins jamais à exprimer ce chaud et froid paralysant et cette présence imaginaire. Pourtant je me souviens très bien que c'était du cognac...

Il semblerait que certaines émotions peuvent créer une forme légère d'hallucination. Certains la rencontrent au réveil, d'autres en dormant. Une sorte de perception sans rien à percevoir. Je ne suis pas compétent pour savoir d'où

Et qu'on n'en parle plus

sortait la mienne. J'ai toujours refusé de rencontrer un docteur de l'âme. Tant que mes fantasmes ne dépasseront pas une limite raisonnable, je continuerai à vivre en me passant de leurs analyses. En revanche, pour moi, le deuil est moins un traumatisme qu'une révélation.

— *On y arrive.*
— Oui.

Si mon père avait rompu la tradition en ne naissant pas à Toulon, elle devait le rattraper un 31 janvier au Théâtre national.

J'ai toujours pensé qu'on aurait pu le baptiser théâtre Fernand-Sardou ; il y a bien un stade Mayol qui fut longtemps le compagnon de scène de mon grand-père, et que mon père me présentait comme une sorte de grand-oncle – grand-tante serait d'ailleurs plus juste – mais je ne serai jamais maire de Toulon...

Ce 31-là, j'avais une partie de poker chez un ami. Un poker gentil, nous jouions au dixième. C'était plus une occasion de passer une bonne soirée ensemble que de se prendre de l'argent. Nous en

Et qu'on n'en parle plus

étions au troisième pot quand le téléphone sonna. On vint me dire que c'était pour moi. J'entendis à l'autre bout une voix méridionale :

— Vous êtes Michel Sardou ?
— Oui, c'est moi.
— Je suis le brigadier (?) de la gendarmerie de Toulon. J'ai le regret de vous annoncer que votre père est décédé à 18 h 16 au théâtre de la ville.
— Mon père est mort ?

Mes amis étaient consternés. Le brigadier me demanda de descendre au plus tôt, je lui assurai de faire au plus vite et je raccrochai. C'est alors que le vide s'installa. Un creux silencieux au milieu du cœur. Une aspiration par le bas. Dans ma tête bourdonnaient des abeilles... Comme ils se levaient pour me serrer dans leurs bras, je leur fis signe de ne pas bouger et de continuer à jouer sans moi ; puis je partis. Ma femme m'attendait en larmes dans l'escalier. C'était elle qui avait donné au gendarme le téléphone où me trouver. J'avalai d'un trait un très long scotch sans eau ni glace... Je devais

Et qu'on n'en parle plus

maintenant avertir ma mère. Elle se trouvait à Genève où elle jouait les *Précieuses* en tournée. Est-ce qu'il existe une bonne façon d'annoncer ce genre de chose ? Comment s'y prend-on pour dire à une femme que l'homme qu'elle a aimé plus que tout au monde vient de partir en une seconde dans le couloir des loges d'un vieux théâtre de province ?

— Allô, maman ? J'ai une mauvaise nouvelle... Papa est mort.

Je l'entendis hurler puis s'écrouler sur son lit en pleurs. Près d'elle se trouvait une amie qui prit le téléphone :

— Vous auriez dû me le dire à moi d'abord, je l'aurais avertie autrement...

— Qu'est-ce que tu lui aurais dit, connasse ? qu'il allait bien ?

J'étais furieux. Babette se blottit contre moi et sa chaleur me fit du bien. J'eus même envie de lui faire l'amour comme pour conjurer le sort.

On ne sait plus observer les signes ni les comprendre. Pourtant, la nature prévient toujours. Elle ne connaît pas l'embuscade.

Et qu'on n'en parle plus

Un léger malaise dont on ne tient pas compte, par exemple, peut tout à fait être une petite alarme nous mettant en garde d'un mal bien plus profond. Deux jours avant sa mort, je découvris mon père attablé en face de son petit-fils Romain. Ils déjeunaient ensemble. Face à face, entre hommes. Romain avait trois ans environ. Sa mère lui avait mis une belle chemise blanche pour qu'il fasse honneur à son grand-père et les avait laissés. En descendant de ma chambre je les aperçus. Mon père lui parlait. Rien que de très normal, sauf qu'il parlait beaucoup. Une longue tirade que mon fils, yeux grands ouverts, écoutait avec cette concentration qu'ont les enfants quand on leur lit une belle histoire. Que pouvait-il bien lui dire ?

Ding !

Je ne descendis pas pour ne pas l'interrompre et j'étais trop loin pour entendre. Son monologue dura une heure, coupé de temps en temps par la cuisinière qui changeait les assiettes. Tout ce

Et qu'on n'en parle plus

qu'il m'avait dit à moi tiendrait en une demi-page !

Ding ding !

En nous quittant, il m'embrassa et me dit : « Le petit m'a fait bien plaisir. » Qu'aurais-je pu faire ? Lui demander de se faire scanner parce qu'il parlait trop ?

Avant de débuter à Toulon, il devait se farcir une émission de télé qui passait le matin et qui se tournait à Mougins. Babette et moi le regardions parler de son opérette et chanter une connerie où il avait les pieds dans une bassine. Soudain, ça me sauta aux yeux :

— Tu ne le trouves pas très fatigué ?
— Si.

Gong !

Le soir même le gendarme téléphonait.

Babette aussi perdit son père quelques années plus tard. Un accident. Il percuta avec sa voiture un troupeau de vaches qui se baladaient au milieu de la route, au sortir d'un virage. C'est arrivé à Besançon. Comme dans ces cas-là, tout doit se faire très vite – on se demande bien pourquoi – je l'envoyai là-bas avec sa maman

Et qu'on n'en parle plus

par un petit avion. En les retrouvant, quelle ne fut pas ma surprise de voir mon nom sur le cercueil ! Gertrude, sa mère, que j'adorais, avait eu peur qu'on l'égare en route ; en mettant mon nom elle s'était dit : « Avec lui ils feront attention » !

Si Babette me le permet – je lui ferai lire ces feuillets avant la publication – j'aimerais dire combien j'ai aimé sa maman. Une femme charmante, toujours tirée à quatre épingles avec un petit sourire plissé. Quand je passais dans le Midi, j'habitais chez elle aux Issambres. Nous prenions ensemble nos repas où elle aimait me raconter sa vie. Une vie qui n'avait pas toujours été tendre. Elle venait de l'Est. À une époque où on n'en venait pas, d'ailleurs, mais où on s'en échappait. Elle avait été très belle. Ses jolis yeux pétillants étaient là pour nous le rappeler. Mon Dieu, comme c'est déjà loin...

Encore une chose étrange : quand il fait beau et qu'il y a la mer... elle me manque.

Et qu'on n'en parle plus

Mon père eut droit à une petite photo et un article gentil en première page du *Figaro*. Ma mère ne voulait pas y croire :

— *Ce n'est peut-être pas lui. Ils se trompent souvent, tu sais.*

Non, ils ne se trompaient pas. Nous avions à peine posé nos sacs à l'hôtel qu'une voiture de police nous conduisit à la morgue. J'appris alors que lorsqu'on meurt dans un lieu public, et le théâtre en est un, la règle veut qu'on pratique une autopsie. Je m'y opposai de toutes mes forces et, je l'en remercie, le commissaire chargé d'en donner l'ordre passa outre. Nous entrâmes donc dans une grande salle glacée de l'hôpital où un infirmier nous présenta mon père. Ce fut exactement en le découvrant que j'eus cette révélation dont je parlais plus haut. Un médecin vint près de nous :

— Une embolie. Il n'a rien vu venir et n'a pas souffert.

Il présentait un visage reposé, détendu, presque souriant. Il avait froid, c'est tout. En me penchant pour l'embrasser sur le front et lui fermer les yeux, j'eus la conviction que le corps que j'avais devant moi lui ressemblait sans aucun doute, mais que ce n'était pas lui. Comment dire ? Comme s'il avait laissé son manteau là et qu'il était sorti. L'apparence de mon père étendue et en même temps mon père se trouvant quelque part ailleurs. La certitude d'un autre endroit ou d'un après incommunicable.

Moi, qui n'avais pas versé une larme jusqu'alors, je m'effondrai. Des photographes très discrets attendaient dans le hall. Une jeune femme en blouse blanche me prit fermement par le bras et m'entraîna par une porte dérobée vers un ascenseur. Elle me déposa sur le toit et me dit :

— Laissez-vous aller. Ici vous serez tranquille.

Je pleurai jusqu'au soir. Et puis la vie encore une fois l'emporta sur la mort. Peu de temps après, je passai à mon tour au Théâtre national. Je dus faire deux représentations dans la même soirée tant il y avait de monde. Le « Aujourd'hui peut-être » devint ce jour-là une sorte d'hymne régional que la salle reprit en chœur.

Et qu'on n'en parle plus

Je n'en ai jamais dit un mot à ma mère, mais l'endroit où on avait découvert son corps me laissait perplexe. L'heure aussi m'étonnait beaucoup. Le concierge l'avait trouvé étendu dans le couloir à 18 heures, son chapeau à la main et un petit paquet dans l'autre, mais il était déjà là depuis au moins une heure. Le médecin légiste a estimé sa mort vers 17 heures. Que faisait-il ici en plein après-midi ?

Un : il arrivait toujours une demi-heure avant de jouer.

Deux : depuis son accident cardiaque, il suivait un régime de fer sans boire de vin, sans fumer, sans manger gras, sans rien de ce qu'il avait toujours aimé ; de plus, on lui interdisait tout effort même pour monter les escaliers. Or il avait grimpé trois étages ! Pour que mon vieux se tape un tel exercice, c'est forcément qu'il avait à faire quelque chose de précis.

—*Tu parles ! Une brunette complètement refaite chargée d'un gros cul avec deux yeux de veau. Au troisième, tu ne le sais peut-être pas, ce sont les loges des danseuses et des seconds couteaux. Et puis d'après sa position, il n'y allait pas, il en sortait...*

— Quelle position ?

— *Il était orienté vers l'escalier. Il redescendait chez lui.*

— Pourquoi dis-tu ça, maman ?

— *Mon pauvre enfant, parce que je sais tout. Quant à son « quelque chose à faire », je l'avais remarquée le premier jour des répétitions. C'est pour ça que tu l'as trouvé détendu.*

— Tu lui en veux ?

— *Pas le moins du monde. Au moins il est parti content et n'a eu peur de rien. Ce qui me met en colère c'est qu'il ait attendu que je ne sois pas là !*

— Qu'est-ce que ça aurait changé ?

— *Rien. C'est pour moi...*

Je peux affirmer que c'est à partir de ce jour que mon père et moi avons eu de longues discussions. À l'heure où j'écris, ça fait trente ans. J'ai une faculté d'oubli incroyable ! Entre il y a trente ans et aujourd'hui, je ne sais plus ce que j'ai fait.

Et qu'on n'en parle plus

Des albums, des tournées, des spectacles, du théâtre, un peu de cinéma (particulièrement mauvais), une dizaine d'années en Floride avec Babette, Davy à New York jouant au Stanford Theater, encore des changements de maison, un divorce, un troisième mariage, et maintenant là devant mon ordi à chercher comment je vais en finir avec mes Mémoires. Comment poursuivre sans vous ennuyer ? Les albums, bon. On passe huit mois à écrire ; deux autres à tout défaire et à reprendre ; trois semaines en studio ; après on attend. On est content ou on regrette... Les tournées, bon. On fait ses valises, on monte en voiture, on roule, on arrive au Zénith pour la balance, on fait le show et après avoir vidé le minibar, on finit sa nuit à regarder le plafond de sa chambre Sofitel... Les spectacles, bon. On met la barre toujours plus haut au risque de tout perdre. Mais là, au moins, on est bien éclairé et il y a le public pour nous chauffer à blanc... Le théâtre, oui. On a beau se défoncer, faire de son mieux, il y en a toujours un pour vous dire à la sortie : « Alors, quand est-ce qu'on vous revoit chanter ? »... La Floride, j'ai aimé et puis j'ai plus aimé. J'y ai appris l'anglais avec une Américaine de São Paulo, ce qui fait que j'en ai gardé un accent indéfinissable. J'ai joué au golf avec Ray Floyd et Paulette Darty... C'est peu de le dire. J'ai été au moins vingt-trois fois à DisneyWorld... J'ai connu deux énormes cyclones dont le fameux Andrew qui a complètement twisté ma maison de Star Island ; heureusement, mon voisin, un prince de Bahreïn qui avait construit trop grand pour la surface de son terrain, s'est vu dans l'obligation de me la racheter. « Le prix que vous voudrez », m'a-t-il fait dire. Je me suis aligné sur le cours de baril ! Ce fut bien la seule fois qu'une catastrophe naturelle me rapporta quelque chose... Donc l'ouragan qui a complètement twisté ma maison de Star Island... Davy tout seul dans une villa d'Indian Creek, si loin de Paris, qui passait son degré de highschool en lançant très haut son bonnet carré... J'avais voulu jouer au père prudent qui pense que ce métier est trop dangereux pour ne pas

Et qu'on n'en parle plus

devoir être capable d'en exercer un autre... Sandrine qui, la première, me faisait grand-père avec une petite Loïs... Cynthia, pour qui un jour je suis son père, un autre je ne le suis plus, mais passons... Romain qui devenait écrivain et se mariait avec sa jolie Francesca – je crois bien le seul amour de sa vie – pour me donner en cadeau du ciel Aliénor et Gabriel... Enfin Anne-Marie que je demandai en mariage par téléphone entre le Mark Hotel de la 74e Rue et le 12 de la rue Windsor...

— *Tu nous fais un clip !*

— Maman, je n'écris pas *Les Misérables*. J'évoque, je ne m'étale pas.

— *Tu as passé combien d'années avec Babette ?*

— Trente à peu près.

— *Tu pourrais peut-être nous parler un peu d'elle. Ça lui ferait plaisir. Parce que jusqu'ici, elle passe un rien pour pas grand-chose. Ce qu'elle n'a jamais été.*

— Je ne sais plus comment elle fonctionne et si elle serait heureuse de se lire dans ce bouquin.

Et qu'on n'en parle plus

— *Elle serait certainement plus heureuse de s'y voir que de ne pas avoir existé dans ta vie. Tu veux que je m'en charge ?*

— Non, mais reste vigilante.

Par quel miracle une rencontre fortuite devient-elle une passion ? En quelques minutes, cette jolie inconnue devint impérativement la femme qu'il me fallait et qu'il me fallait tout de suite ! On compte trois fois plus de femelles que de mâles dans le monde, mais c'était celle-là et seulement celle-là qui était la mienne. Avouons que c'eût été impossible de faire plus mignon. On a beau nous bassiner avec les garçons aimant les nounours et les filles les poupées, c'est exactement l'inverse. On se goure sur tout depuis Ramsès II.

Je passais mes nuits au « Paris Scope » une boîte de la rue Balzac. Babette aussi. Elle sortait, alors, avec mon ami Pierre Billon. Je le prévins sur-le-champ que j'allais tout faire pour la lui piquer. Pierre – qui devait jouer un rôle important tout le long de ma vie – me répondit :

— Je ne la tiens pas, elle fait ce qu'elle veut.

Et qu'on n'en parle plus

J'allai à sa table et la première chose que je fis en m'asseyant près d'elle, maladroit comme j'étais, fut de lui brûler ses bas avec ma cigarette. Je pensais avoir gâché toutes mes chances avant même de commencer mais non, elle éclata de rire et me dit que je lui en devais une paire neuve tout de suite. On quitta la boîte pour le drugstore des Champs. En arrivant devant la vitrine de chez Peugeot je la pris dans mes bras et nous nous embrassâmes à faire arrêter la circulation. La réaction chimique fut transcendantale.

— *On a vu. Sur trente ans, vous êtes restés couchés quinze. Même ton père n'en revenait pas. Puisque nous en parlons, lui aussi l'aimait beaucoup.*

Qui aurait pu ne pas l'aimer ? J'en étais d'une jalousie maladive. Lorsque nous étions séparés pour une raison quelconque, je me montais le bourrichon tout seul. J'en étais malade de la perdre.

— *Elle n'a jamais bougé ?*
— Non.
— *Ben alors ?*

Et qu'on n'en parle plus

— Maman, il y a des amours qui rendent idiot.

— *Comme cette idée de la faire entrer dans ta vie comme secrétaire ? Tu pensais sans doute que l'autre n'aurait rien vu ?*

— Je ne pensais pas, maman, je ne pensais plus.

Il fallut pourtant y passer. À force de ne plus revenir chez moi, je dus me résoudre à avouer à Françoise que l'aspirine ne soigne pas tout et que nous devions nous séparer. Comme de son côté, elle aussi avait un peu lâché, tout se fit dans les règles.

Babette et moi avons passé des années délicieuses. Il était, sans doute, écrit que ça ne devait pas durer, mais honnêtement c'est entièrement ma faute.

— *Tu buvais trop.*

— Je faisais tout trop.

— *En plus tu avalais ou respirais des saloperies qui contre une heure de bien-être te laissaient trois jours comme une épave ronflante.*

— Une quoi ?

— *Une sorte de porc mou.*

Et qu'on n'en parle plus

— Si tu en as l'occasion, dis-lui que je regrette.
— *Elle le sait.*
— Je vais te dire un secret. Le plus secret de mes secrets. Lorsque je couchais avec une passagère clandestine, je ne la trompais pas. J'avais besoin de penser à elle pour aller jusqu'au bout.
— *Je sais que tu dis la vérité, mais personne ne te croira.*
— Pourquoi non ?
— *Si tu avais besoin d'elle, pourquoi prendre une clandestine ?*
— Le cerveau d'un homme c'est très compliqué, maman.
— *Certes, mais dans le cas présent on n'est pas dans le cerveau.*
— Il est quand même concerné. Maintenant j'ai perdu le fil.
— *Tu étais entre New York et Saint-James.*
Quand je pense à ce « putain » de pâté de la rue Windsor ! C'était un hôtel particulier très « neuillysien », de trois niveaux avec jardin, très bourge et mal foutu. Je n'en voulais pas. Babette en rêvait. Je l'ai acheté. Là-dessus nous nous séparons.

Et qu'on n'en parle plus

J'ai au moins dépensé un Airbus en travaux. Tous ceux qui entraient chez moi s'émerveillaient : quel splendide endroit ! J'ai mis dix ans à le vendre ; et je me suis fait quand même taxer d'une plus-value ! J'ai failli demander l'asile politique au Mozambique !

— *Tu adores la France.*

— Pas ses impôts ! Dire que mon père a refusé au prince Rainier de me faire monégasque comme il le lui proposait à ma naissance !

— *On sortait de la guerre.*

— Et alors ? Il ne l'avait pas faite. Johnny est moins con, il nous emmerde tous : il est suisse !

— *Tu te rappelles comment tu as rencontré Johnny ?*

— Très bien. Il dit toujours que j'étais en culottes courtes mais j'avais quatorze ans et je n'en portais plus depuis belle lurette. Il tournait un film en Camargue avec papa. J'avais écrit un petit texte dans le train que je voulais lui faire entendre. Mon père a fini par céder et

Et qu'on n'en parle plus

m'a présenté. Je me suis retrouvé face à lui dans sa caravane et j'ai chanté a capella ma chanson. Elle s'intitulait « Le Dernier Métro ». Il a écouté gentiment et m'a offert la chemise de cow-boy bleu et noir qu'il portait ce jour-là. Nous sommes restés amis.

— *Celle-là tout le monde la connaît. En quarante ans, vous en avez eu d'autres.*

— Oui, beaucoup d'autres. J'en parlerai plus tard. Tu me fais penser à Fixot.

— *Qui ?*

— Mon éditeur. Partant du principe qu'on ne me connaît pas, il veut tout savoir dans l'ordre et en détail.

— *Remarque il n'a pas tort. Tu dis tout et son contraire. Je sais bien que tu le fais exprès, mais qui te connaîtra mieux en lisant ce bouquin ?*

— Celui-là apprendra que je suis tout et le contraire de tout. Ça le rend malade, ce pauvre Bernard. Il est venu chez moi avec son questionnaire. Il avait lu une discographie dans un coffret de compilations et

Et qu'on n'en parle plus

tenait mordicus à ce que je développe ces âneries. Tu veux un extrait de son interview ?

— *Comme ça t'amuse, vas-y.*

Dialogue avec Bernard, ou comment acheter un terrain agricole :

— À cinq ans, tu as tourné un film avec Fernandel. Parles-en.

— Parler de quoi ? À cinq ans ! Un plan de trois minutes assis sur une fontaine de village et au revoir monsieur. Ça t'en dit beaucoup plus sur ma tendre jeunesse ?

— Mai 68 ?

— J'étais à la campagne. J'avais siphonné une voiture porte Dauphine – puisque le grand singe avait coupé les pompes – et je vivais à Crouy-sur-Cosson. Tu vois plus clair sur l'intérêt que je porte aux affaires sociales ?

— Le rock'n roll ?

— Pour moi tout a commencé avec Lennon. Avant c'était country.

— La guerre d'Algérie ?

Et qu'on n'en parle plus

— Je ne l'ai pas faite. Et franchement, ne plus boire le vin dégueulasse qu'ils fabriquaient là-bas, je ne regrette rien.

— Quand tu faisais les premières parties de spectacle ?

— Eh bien je passais en première partie.

— Claude François ?

— Il avait un aquarium de poissons de mer et un sauna avec une Suédoise dedans. Tu comprends mieux nos rapports ?

— La faillite de tes parents ?

— Tu as tout dit. Ils ont fait faillite.

— Ta première sensation en montant sur scène ?

— J'avais faim.

— Il y a eu des comités anti-Sardou en Belgique, qu'en as-tu pensé ?

— Qu'il y avait eu bien avant eux des comités de salut public. Et beaucoup plus dangereux.

— On t'a casé dans toutes les boîtes possibles mais on n'a jamais pu te classer, qu'en est-il ?

— Je suis inclassable.

— Tu ne ressembles à personne.

— Toi non plus.

Et qu'on n'en parle plus

—Tu es à la fois populaire, aimé et détesté, qu'en dis-tu ?
— C'est logique.
— On a publié un livre : *Faut-il brûler Sardou ?*
— Comme la réponse était dans la question, ça m'a dispensé de le lire.
— Si je t'emmerde, fais-le-moi savoir ?
— Merci Bernard.
— Il y a énormément de gens qui ne te connaissent pas. Tout dire est nécessaire. Je te rappelle que tu écris un livre sur toi !
— Il y en a aussi beaucoup qui me connaissent et qui n'en savent pas plus.
— Et le cinglé qui a tiré sur ta voiture à Besançon ?
— Il ne savait pas viser.
— Tes décorations ?
— Quoi mes décorations ?
— Tu es même officier du roi des Belges !
— J'en suis très honoré.
— Mais si tu devais en une phrase résumer ta carrière ?
— Des malentendus, des occasions improbables et un bol à faire pâlir tous les

Et qu'on n'en parle plus

marchands de nouilles du 13ᵉ arrondissement.

— Et Pompidou, Giscard, Mitterrand, Sarko ?

— Ils ont tous été président de la Ve.

— De Gaulle qui t'a fait interdire « Les Ricains » ?

— Pas lui. Un sous-fifre.

— Tu crois qu'avec de Gaulle un sous-fifre prenait des décisions ?

— Si tu savais le nombre de sous-fifres qui prennent des initiatives, tu comprendrais mieux pourquoi la France est dans la merde.

— Tu as collé les affiches de Pompidou pendant sa campagne électorale ?

— Tu parles d'une épopée, en face il y avait Poher. On ne risquait pas le combat de rue.

— Mireille Darc ? Tu vas me dire qu'il ne s'est rien passé ?

— Si. Je lui ai fait de la peine. Et pour la première fois j'ai manqué à ma parole. Je sais bien que depuis elle m'a pardonné mais je n'en suis pas fier.

— Que s'est-il passé ?

Et qu'on n'en parle plus

— Ça ne te regarde pas. Ce qui m'a fait plaisir, c'est qu'un peu grâce à moi elle a vécu une histoire merveilleuse avec un homme hors du commun : Pierre Barret. Un homme de lettres, un homme d'action, un homme d'affaires, un homme tout court. Je suis heureux d'avoir été son ami et inconsolable d'avoir compris son agonie. Maintenant laisse-moi écrire mon livre.

— *Je suis tout de même certaine que la Suédoise de Claude François dans le sauna va faire son effet.*
— J'étais sûr que tu allais lui donner raison !

Je suis un peu injuste avec la Floride. Nous avons eu de grands moments. Après avoir loué une maison « mexicaine » sur Dilido Island, Babette et moi avons décidé de nous installer en résidence secondaire sur Star Island. Nous achetâmes à Don Johnson (celui de *Miami Vice*) une petite maison avec un ponton juste en face de Governor Chan-

Et qu'on n'en parle plus

nel, là où *le France* était garé et où il s'appelait désormais le *Norway*. Évidemment, la bicoque était pourrie et nous dûmes nous lancer dans les travaux. Rien de tel pour apprendre l'anglais que de faire construire ! Un architecte local du nom de Moshe prit les choses en main. Il nous avait été recommandé par le sénateur Paul Steinberg, à la fois mon ami et mon avocat. Ce Moshe ne me connaissait pas. On lui avait expliqué très vite que j'étais un chanteur connu en France mais, pour lui, la France était beaucoup trop loin pour savoir ce qu'on y chantait. C'était une bâtisse typique miamienne. Basse avec un seul étage en coin pour la « master bedroom » et trois chambres pour enfants et amis à l'autre bout du rez-de-chaussée. La piscine était à l'ombre et la pelouse, qui menait au ponton, en plein soleil mais sans rien dessus. Nous fîmes des plans raisonnables. Seulement notre Moshe partit en vacances à la Guadeloupe. Dans l'avion il fit connaissance avec des Français qui lui affirmèrent haut et fort que j'étais une sorte de Sinatra ! Il

Et qu'on n'en parle plus

ne vit jamais la Guadeloupe ; il annula son hôtel ainsi que son séjour et reprit l'avion du retour immédiatement pour changer ses plans. Sinatra ! Nom-de-Dieu-Si-na-tra ! La petite maison secondaire devint en quelques coups de crayon la réplique de la résidence du vrai Sinatra à Palm Beach. Sans les tuiles bleues sur le toit, Dieu merci on n'en fabriquait plus. Babette eut beau faire dix aller-retour avec le décalage horaire qui s'ensuit, il ne céda pas.

— Ne vous inquiétez pas, ne vous inquiétez pas...

— Mon mari est furieux !

— Il sera content. Vous verrez, il sera content.

Il préféra prendre sur sa commission ; mais il se devait de me livrer une maison à la hauteur de mon « rang ». Mon avocat fit de son mieux pour en rester à un prix qui ne dépasserait pas six fois celui convenu au départ et nous emménageâmes finalement dans une superbe villa avec vue sur downtown dans le lointain et le *France* pratiquement dans le prolongement de la

Et qu'on n'en parle plus

piscine. Moshe avait pris soin d'acheter tous mes disques qu'il s'était fait traduire par sa femme de ménage haïtienne. Dans son pays, je suis aussi une sorte de Sinatra ! Je faillis l'étrangler, le noyer et enfin le donner à bouffer aux requins mais, au fond, je le trouvais très sympathique ce Moshe. Et puis il y eut l'ouragan Andrew qui me rendit très largement mon investissement forcé. Nous fîmes une très belle affaire en achetant une autre maison sur Indian Creek, où là aussi il fallut des travaux, mais dans une tout autre proportion. Et sans l'ami Moshe !

En Amérique, le paraître compte beaucoup plus que l'être. Je n'ai pas su vraiment m'intégrer. Le « comment ça va ? » équivaut au « combien ça va » ? J'y ai vécu comme on tourne un film... Je fus très content d'entendre le clap de fin et de rentrer. Mon retour fut simplement un peu plus bousculé que prévu.

Dans mon pâté, ma chambre était sous le toit. Babette était repartie en Floride – en embarquant au passage mon coupé Mercedes 500 que j'adorais –, moi, je vivais avec mes chiens et sans aucun projet.

— *Il n'y a pas qu'en Amérique que l'habit fait le moine. Ici aussi tu vas nulle part, si tu joues profil bas. Tu oublies – et là, Fixot ne va pas être content – ton voyage à Vegas.*

— Tu en reviens à Johnny ?

— *Je l'aime bien ce gosse, moi.*

Après avoir vu le film *Délivrance*, Johnny décida que nous devrions descendre, nous aussi, le Colorado. Je n'osais pas le reprendre pour lui dire que *Délivrance* c'était le Mississippi et pas le Colorado – il n'en démordait pas – et nous voilà partis dans une sorte d'aventure qui tourna au ridicule achevé. Le Colorado, c'est beau quand on le voit de haut. Quand on flotte dessus, c'est tout le temps le Colorado. Un couloir d'eau glacée bordé par deux murailles de rochers ocre, hautes comme trois fois la tour de Londres, et très étroit. La nuit tombe presque un demi-jour avant celle des poules.

Avec Johnny, il faut s'y faire, on passe tous par la case photo. Moi qui serais

Et qu'on n'en parle plus

malade si j'avais un photographe ou un cameraman à mes basques durant mes vacances, ne serait-ce que quarante-huit heures, lui s'en fout complètement. Je ne suis même pas certain qu'il les voie. Il les supporte sans broncher comme d'autres ne sont jamais piqués par les moustiques. L'avion nous déposa donc avec amis et photographes je ne sais plus trop où et nous arrivâmes dans un bled qui se voulait le royaume du rafting touristique. Son anglais étant parfait, il trouva immédiatement les guides indispensables pour nous faire descendre les rapides et camper à la belle étoile. Il m'entraîna dans un grand bazar afin de m'équiper pour que j'aie un peu plus l'air d'un cowboy. « Attends-moi là, je choisis pour toi. » J'attendis.

— Pourquoi fallait-il vous habiller comme pour la conquête de l'Ouest ? Vous n'aviez besoin que d'un maillot de bain et sans doute même pas d'un maillot, juste une serviette ; il y avait une pub accrochée au-dessus de la caisse que tu ne savais pas lire et qui annonçait la couleur des dangers

Et qu'on n'en parle plus

que vous alliez courir : « De nombreuses activités relaxantes vous attendent. Laissez-vous chouchouter lors d'un massage dans nos hôtels par de véritables squaws de la tribu antique des (là c'est imprononçable) ou chinez la perle rare à travers les boutiques d'antiquaires. »

— Mais, maman, on s'en foutait des massages indiens, on voulait dévaler les rapides ! Tu parles anglais maintenant ?

— *Faut bien. Je passe mes journées avec le général Lee.*

— Avec qui ?

— *On t'expliquera plus tard. Vas-y, continue qu'on rigole.*

— Il revint avec chapeaux, couteaux, santiags plus une trousse de premier secours et trois cartouches de clopes d'une marque inconnue mais qui frappait très fort et pas seulement les poumons. En retournant à la baraque de nos guides, nous eûmes la surprise de trouver un grand tonneau de Southern Comfort.

— *C'était quoi, ça ?*

— Un whisky de pomme.

— *Ils ressemblaient à quoi vos guides ?*

Et qu'on n'en parle plus

— Je ne m'en souviens pas bien. Un grand maigre et une fille brune. Elle, elle avait des touffes sous les bras épaisses comme des perruques de poupée et crachait sa chique comme Dean Martin dans *Rio Bravo*. Quant à lui, il fleurait bon le mustang chaud.

Notre embarcation se composait de trois énormes boudins en caoutchouc retenus ensemble par des câbles et à l'arrière desquels on avait fixé une plate-forme en bois pour accrocher le gros moteur Mercury 200 chevaux et fixer le tonneau de whisky ainsi que du matériel divers. Le confort était nul, on ne pouvait se tenir qu'à califourchon en évitant de laisser traîner les pieds dans l'eau qui était à zéro degré. Nous décidâmes de partir tout de suite afin de passer la nuit en bas du premier rapide sur une langue de sable suffisamment sèche. La chiqueuse ajouta quelques sacs de provisions et nous partîmes nous rejouer *Délivrance*.

Dix minutes après avoir quitté le ponton, le guide hurla quelque chose que je n'entendis pas à cause du moteur.

Et qu'on n'en parle plus

—Qu'est-ce qu'il dit ?

—Il nous prévient que le grondement qu'on entend c'est le premier rapide, me répondit Johnny.

—Tu entends quelque chose, toi ?

—Avec le moteur, non. Si on buvait un coup ?

On ouvrit le tonneau et on trempa nos quarts dans la sauce, histoire de se donner du courage. Claude Bloch, notre fidèle ami, s'en servit un à ras bord. Puis arriva le fameux rapide. Le mieux qu'on puisse dire, c'est que ce n'était pas grand-chose. Un petit toboggan pour piscine d'enfants. Nous fûmes un peu éclaboussés et tout juste secoués. À peine trois minutes et tout était dit. On s'amarra sur la plage prévue et le soleil disparut d'un coup. Les deux guides débarquèrent des sacs de couchage, quelques ustensiles de cuisine, des lampes-torches et de quoi se faire un Barbe Q. Comme il n'y avait ni bois ni charbon, on l'alluma avec ces machins blancs qui sentent la naphtaline et on mangea des saucisses qui avaient le goût du dressing de ma femme. Heureusement,

Et qu'on n'en parle plus

le Southern nous fit passer tout ça sans problème. On arrangea nos lampes en faisceau et on discuta de rien en sirotant encore un peu du tonneau. Enfin, avec le froid, nous nous installâmes dans les sacs pour dormir. Il était trop tôt et personne n'y arriva, sauf le reporter qui avait fait deux fois Paris-Los Angeles en trois jours, plus le voyage pour nous rejoindre ici. Tout à coup, je vis Claude Bloch se lever. Il se tenait debout, ne sachant trop où aller. Il faisait noir comme une pelle à feu. Johnny me chuchota : « Là, je peux te dire qu'il est pété. »

Il avança de son mieux jusqu'à un petit rocher où il prit appui. Il mit bien cinq minutes à ouvrir sa braguette et se laissa pisser jusqu'aux larmes – conséquence bien connue de ceux qui boivent pour la première fois de cet alcool sucré. Dans sa maladresse d'homme complètement cassé, il ne vit pas qu'il n'urinait pas dans l'eau, comme il le croyait, mais sur le sac de couchage du reporter qui s'était volontairement mis à l'écart pour mieux se reposer.

Et qu'on n'en parle plus

Ce dernier dormait si fort qu'il ne se rendit compte de rien. Croyant sans doute que c'était la pluie, il se contenta de se retourner. Johnny et moi décidâmes de ne jamais lui en parler...

L'aventure devait durer huit jours, au troisième on s'arrêta. Les rapides suivants ressemblaient tous au premier et le voyage virait à l'ennui pour ne pas dire à l'humiliation quand nous nous fîmes doubler par un autre bateau, beaucoup mieux équipé que le nôtre, transportant une dizaine de Japonaises avec ombrelles assorties dont l'âge moyen variait sur l'axe des soixante-dix ans. Johnny voulut débarquer tout de suite. Seulement tout de suite ça voulait dire *nowhere*. Le coin relativement civilisé le plus proche se trouvait encore à huit heures de fleuve. Il se mit en colère et les guides finirent par trouver un lieu où un garde forestier avait une cabane. Il n'était pas souvent là, mais avec de la chance... On mit pied à terre quelque part où on s'enfonçait jusqu'aux genoux dans une glaise huileuse. Tout le monde se servit des sacs-poubelle pour

Et qu'on n'en parle plus

ranger ses affaires et on en vint presque aux mains quand nous voulûmes récupérer les sacs de couchage, le guide prétendant qu'ils lui appartenaient et nous qu'on allait lui casser la gueule. Finalement il céda devant notre détermination et les carrures que nous avions à l'époque. Lui et sa touffe parfumée au tabac firent demi-tour et nous marchâmes jusqu'à ce que le sol devienne du sable dur. Tout au bout, en effet, nous vîmes une petite cabane avec une longue antenne sur le toit. Pas plus de garde forestier que d'arbres autour de nous. La nuit venant, nous nous couchâmes un peu au hasard, là où c'était bien sec. Nous eûmes juste le temps de nous situer vaguement au bord d'un lac. Évidemment rien à bouffer, mais tellement crevés que nous nous endormîmes tout de suite. À 5 heures du matin, la terre trembla. Toute l'équipe se leva d'un bond. Une armada de 4 × 4 éclairés jusqu'au toit, radio au max, se dirigeait vers nous à fond la caisse. Un instant j'eus en tête la tronche de cet Allemand qui découvrit à l'aube les bateaux du

Et qu'on n'en parle plus

débarquement de juin 44... Les campeurs ! Nous étions vendredi soir et les *rednecks* venaient se faire griller leur *Tbone* ou leur *Wertzel* pour le week-end !

— On est sauvés, les mecs, nous dit Johnny, ils ont des CB !

Je passe sur les présentations, les explications, les démonstrations qu'il fallut faire pour qu'ils comprennent pourquoi une poignée de Français avaient trouvé le moyen de se paumer en bordure du Nevada ; et les difficultés à leur faire admettre que nous avions besoin de joindre un aéroclub pas trop loin pour louer un petit avion qui nous déposerait à Vegas, mais tout finit par s'arranger. Comme nous étions six et que le seul pilote vivant ne disposait que d'un petit Cessna, il dut faire deux voyages qu'il nous factura au prix d'une première classe Paris-New York. Johnny et moi fûmes du premier et nous arrivâmes en loques à l'aéroport international de Vegas. Une voiture nous attendait et nous conduisit jusqu'à l'entrée des VIP du Caesars Palace. Le moins qu'on puisse dire, c'est qu'on fit de l'effet. Imaginez deux

Et qu'on n'en parle plus

types en maillots de bain, coiffés comme des autruches, portant des bottes Cooper à talon fendu, un T-shirt qui ne voulait plus rien dire et la peau recouverte d'un demi-centimètre d'argile. Ajoutez à cela les sacs-poubelle sur l'épaule, et nous sortions tout droit non pas de *Délivrance*, mais de *La Nuit des morts vivants*. Les clients qui faisaient la queue devant les guichets d'enregistrement doivent encore en parler à leurs petits-enfants. S'il n'avait tenu qu'à elle, une grosse mégère de Palm Beach nous aurait bien fait arrêter... Nous prîmes une double suite avec vue sur la piscine et les regards changèrent. L'Amérique ! Après tout, Howard Hugues était aussi une sorte d'allumé... Le lendemain, Johnny et moi nous séparâmes, lui allait à Tokyo et moi je rentrais à Paris. Nous avions joué un remake dont nous nous souviendrons longtemps.

— Tu veux bien qu'on revienne sous mon toit de Neuilly et sans ma voiture ?

— *Elle n'a rien embarqué du tout, la voiture tu la lui avais offerte !*

— Maman, soyons clairs, j'ai inventé la mauvaise foi.

— *Non. Ton père avait déjà bien avancé les travaux.*

— Après la grosse déprime qui suit toujours un divorce, un matin je me sentis mieux.

— *Tu permets ? Tu vas un peu vite, là. Je sens que tu vas nous dire que l'idée vient de toi.*

— Quelle idée, maman ?

— *Anne-Marie.*

— C'est bien moi qui ai pris le téléphone ?

— *Non, non, non, non. D'abord raconte dans l'ordre. Tu oublies un petit détail qui, pour moi, a son importance : entre-temps, je suis morte.*

— Pardonne-moi, maman, mais tu es tellement là que j'ai fini par l'oublier.

— *Commence par le début, après je te remettrai dans l'axe.*

— J'ai appris ton départ en tournée. S'ensuivit la précipitation de la mort d'un proche. Je ne m'y ferai jamais. L'un entre dans l'éternité, l'autre dans une

Et qu'on n'en parle plus

course contre la montre. On se doit de tout régler dans la journée ! Immédiatement, les marchands de plumiers, les fleuristes, quelle église ? La bousculade d'amis que j'avais totalement oubliés, et les indispensables formalités dont la France s'enorgueillit. On me montrait des catalogues comme aux Trois Suisses ; le transport, la sécurité – sécurité de quoi ? Un tourbillon de folie qui me laissa juste quelques minutes pour m'asseoir auprès de toi. Ah j'oubliais : quelle musique voulez-vous, monsieur ? Je faillis répondre *La Traviata* mais j'en restai à l'*Ave Maria* de Gounod. Je m'assis au bord de ton lit et tu m'apparus toute petite. Comme papa tu étais reposée, et semblais dormir. Tu avais déjà les yeux fermés. Je pris tes mains pour les croiser sur toi mais tu ne voulus rien entendre. Impossible de les déplacer. Tu luttais encore. En regardant mieux, j'eus l'impression que tu montrais quelque chose. Un petit sac blanc entre le sommier et la table de nuit. Je le pris mais n'osai pas l'ouvrir.

Et qu'on n'en parle plus

— *Je ne t'ai pas trouvé plus bouleversé que ça.*
— Je songeais à ton séjour à l'hôpital Américain. Ils s'en souviennent encore, eux aussi. Tu avais fait une petite alerte cardiaque, rien de bien méchant, et, rassurée, tu leur as joué ton numéro comme jamais. Tout l'hosto était dans ta chambre. Les infirmières ne voulaient plus te lâcher tellement elles riaient. Comme j'étais sur les routes, tu incarnais avec brio la mère abandonnée ! J'ai fini par arriver et là, tu es passée de Feydeau à Racine. Tu t'es mise à pleurer. Pas parce que j'étais enfin là, non. Tu pleurais sur toi. Tu interprétais ta propre mort avec moi en sanglots au pied du lit. Tu pleurais d'être morte sans m'avoir dit adieu, alors que tu te portais comme un charme. Que dire ? On ne refait pas sa mère...

Plus tard, en emménageant dans le nouveau Neuilly complètement reconstruit, Anne-Marie me demanda de la suivre pour me montrer ce qu'elle avait rangé dans une armoire. C'était ton sac blanc. Il y avait dedans tes lunettes, tes cachets, ta

Et qu'on n'en parle plus

carte d'identité et un numéro inscrit sur un bout de papier... Ça ressemblait à un numéro de téléphone.

Et puis vint l'heure solennelle. Le curé nous dit une courte messe en français – ce qui enlève toute magie s'il y en avait une – et finit par une homélie formelle sans aucun intérêt. Je m'étais planté dans le choix des bouquets en cochant la mauvaise case ; je les voulais rouges, ils étaient blancs et verts. Babette ne manqua pas de me le faire remarquer : tu détestais le vert comme toute comédienne qui se respecte, mais... trop tard. Enfin tout le monde se leva pour la bénédiction. J'étais en colère. C'est alors que je la vis, dissimulée derrière une colonne. Comment as-tu fait pour qu'elle se trouve là ?

— *J'ai appuyé sur Maryté.*

— Sa secrétaire ?

— *Elle-même. La seule qui savait depuis le début que vous finiriez ensemble.*

J'allai l'embrasser, elle était superbe. Je crois que le noir la rend plus belle encore. Je suis sûr qu'au mien, d'enterrement, un

Et qu'on n'en parle plus

type viendra spécialement pour me la piquer post mortem !

— *Cela dit, tu nous as mis en retard. Et puis Nanterre, quel cimetière de merde ! Au pied des tours, tu parles comme ça nous ressemblait.*

— Christian, mon presque frère, vous a changés de place. Il s'est donné un mal de chien pour que vous retrouviez le soleil et la baie des Anges.

— *Un journaliste n'a d'ailleurs pas compris ce que nous faisions là. Ils sont vraiment nuls !*

— Ils ne sont pas nuls, ils ne savent pas. S'ils ne trouvent pas sur le web, ils s'arrêtent de chercher. La plage « Chez Madeleine », Hirsch, Charon, la Comédie-Française, notre appartement place du Marché, tout ça c'est vieux comme Jules César... Mais quand tu dis que tu as appuyé sur Maryté, t'as fait quoi ?

— *Je lui ai dit de dire à sa directrice de rédaction qu'il serait gentil qu'elle passe t'embrasser. J'ai pas bien fait ?*

Anne-Marie s'est excusée de ne pas pouvoir se rendre au cimetière et s'en est allée

Et qu'on n'en parle plus

retrouver ses filles au journal. J'ai eu une jolie rencontre avant de partir. Une jeune femme s'est approchée de moi en me disant : « Je partage votre chagrin. Je ne suis personne. Je suis le public. » Au contraire, madame, vous êtes tout le monde...

Ce qui est embêtant avec ma femme, c'est qu'elle est connue de tous. Je ne peux absolument pas me vanter. D'ailleurs, qu'elle m'épouse, le Tout-Paris de la mode, de la presse et de la culture n'en revint pas. Elle épouse un chanteur ! Elle est devenue folle. Et vous savez lequel ? Celui de droite ! La totale... Personne ne savait que notre histoire éclair (comme ils le croyaient) avait commencé vingt ans plus tôt dans un club de Régine à Deauville. En fait, notre histoire n'est pas le mot approprié, notre rencontre serait plus juste. Pendant vingt ans, nous n'avons fait que nous rencontrer. Chez Régine, elle traversa toute la salle pour venir se présenter à ma table. Je peux vous jurer que lorsqu'elle traversait une salle, un long silence s'ensuivait.

Et qu'on n'en parle plus

— Je m'appelle Anne-Marie, je suis la sœur de Pierre Billon.

— Mais Billon n'a pas de sœur...

Ce que je peux être con ! Quelle importance ? Elle pouvait bien être la sœur de qui elle voulait, j'avais devant moi Ava Gardner ! Elle, si discrète, me fit la conversation jusqu'à l'aube. Il pleuvait comme toujours dans ce bled et je lui proposai de la raccompagner. Malheureusement, elle n'avait pas prévu que je la raccompagne. Elle me fit croire qu'elle avait laissé sa voiture au grand parking devant Les Vapeurs et je la déposai à l'endroit qu'elle m'indiquait.

— Vous êtes certaine que ça ira ?

— Oui, merci. Ma maison n'est pas loin et j'ai l'habitude de conduire sous la pluie.

Nous nous embrassâmes tendrement puis elle disparut dans la bruine normande. Évidemment elle n'avait pas de voiture ; elle attendit une heure un taxi et rentra chez elle trempée jusqu'aux os. Quant à moi, Deauville me fit tout à coup penser à Monaco et je rentrai direct à Paris. On se revit souvent. D'abord pour

Et qu'on n'en parle plus

raisons professionnelles – son magazine *ELLE* était très important, et le demeure –, lorsque nous sortions un album ou présentions un nouveau spectacle. Elle savait que je n'aimais pas trop poser pour les photos et que sa présence me détendait. Puis plus discrètement. Elle venait me rejoindre en tournée. Quand je dis que nous avons mis vingt ans à nous présenter, je ne mens pas. Mon chauffeur allait la chercher à la gare juste avant mon entrée en scène, et elle s'installait en coulisse, à la troisième chanson, sur une petite chaise du côté retour son. Nous rentrions à l'hôtel où on nous servait un dîner room service et nous parlions en nous amusant de tout. Elle s'endormait dans mes bras mais rien ne s'achevait jamais. Son extrême pudeur me rendait timide et, je ne sais pas trop comment l'expliquer : j'aimais encore mieux ça. Déjà à cette époque, pour moi elle était différente. Enfin nos retrouvailles se firent plus lointaines. Sa vie, la mienne, le temps qui passe... Elle éleva ses garçons, elle connut d'autres hommes, mais toujours une affection tendre nous ramenait l'un vers l'autre. Un soir où nous dînions dans le restaurant de Jean-Claude Brialy, elle me trouva triste et s'en inquiéta. Je répondis la première chose qui me vint à l'esprit : la fatigue. La vérité était ailleurs. Assis devant elle, j'éprouvais la mauvaise inquiétude d'être passé à côté de quelque chose de formidable.

— *Et puis il y eut ce fameux matin où tu te sentis mieux.*

— Tu avoueras qu'il y a des actes que nous commettons sans préméditation ?

— *À qui le dis-tu. Il a même fallu que je te rappelle qu'on ne faisait plus le 12 pour les renseignements sur les téléphones portables. Et puis, si tu avais ouvert mon sac, comme je le souhaitais, tu l'aurais trouvé tout de suite, le numéro de son bureau !*

— Après avoir avalé mes six cafés serrés du matin, j'appelai. Je tombai, comme toujours, sur Maryté qui m'annonça que sa patronne était en voyage. J'allais raccrocher mais c'était compter sans le pif de Maryté.

— C'est urgent, mon gros lapin ?

Et qu'on n'en parle plus

— Oui... et non. Elle est avec quelqu'un en ce moment ?
— Personne ! Tu t'es enfin décidé ?
— Oui. J'aimerais l'épouser.
— Je te branche immédiatement. Mais vas-y doucement, tu vas la réveiller.

Elle était, en effet, à New York pour une exposition de tableaux au Guggenheim. Pour elle, il était 4 heures du matin.

— Écoute-moi. Je vais te poser deux questions.
— Là, maintenant ?
— Oui. À la première tu réponds tout de suite : Est-ce que je te fais encore de l'effet ?
— Tu vas bien ?
— Je vais très bien, réponds.
— Euh, oui.
— Pour la seconde tu te lèves, tu descends dans Central Park et tu comptes les écureuils – à cette heure-ci il y en a plein –, tu prends l'air et tu me rappelles. D'accord ?
— Vas-y.
— Veux-tu devenir ma femme ?

Et qu'on n'en parle plus

—Dans quel état de désespoir es-tu pour me demander ça ?
— Pour une fois, fais ce que je te dis.

Elle le fit mais ne me rappela que six heures plus tard. Elle avait un déjeuner avec des amis où elle débarqua tout sourire en lançant :

—Vous ne devinerez jamais qui m'a demandée en mariage ce matin !

Elle éclata de rire et s'écria :
— Michel Sardou !

Pierre Hebey, notre ami commun et notre avocat, lui tendit une chaise et lui dit :

— Au lieu de ricaner comme une cruche vous feriez mieux de dire « oui ». Je le connais très bien. C'est un honnête homme.

Elle sortit sur le trottoir pour m'appeler. Elle m'expliqua qu'elle ne pouvait absolument pas rentrer le jour même comme je le lui demandais, qu'elle était tenue de rester jusqu'à la fin de l'expo mais qu'on se verrait dans trois jours. Quant à la réponse que j'espérais ce fut un « oui » sous réserve...

Et qu'on n'en parle plus

— Maman, tu peux croire qu'elle me fit passer une audition ?
— *Et comment ! Avec un loustic comme toi j'aurais fait pareil. Et Maryté ?*
— Elle me tenait au courant seconde par seconde. « Je le savais, me disait-elle, d'ailleurs j'avais affiché ta photo au beau milieu de mon mur pour qu'elle ne te perde jamais de vue ! »

Dès son retour à Paris, j'emmenai Anne-Marie dîner chez un merveilleux Italien et avant même de commander, elle attaqua son interrogatoire. Allais-je bien dans ma tête ? Étais-je conscient de ce que je lui proposais ? N'était-ce pas un caprice ? Est-ce que je n'étais pas tombé dans un bol de coke ? Je lui répondis que je me sentais parfaitement bien, que j'étais tout à fait conscient et que ma dernière ligne remontait à trente ans en arrière. J'avais eu le temps de m'en remettre. Elle commanda et ne dit plus un mot. Au dessert :

— Tu peux comprendre qu'il me faut un peu de temps ?

Et qu'on n'en parle plus

— Je peux, mais un peu. Un peu seulement.

— Tu pars en vacances ?

— J'ai loué une maison en Corse à côté des Gildas. Je dois apprendre une pièce pour la rentrée.

— Je viendrai te rejoindre.

— Donne-moi au moins une réponse de principe.

— De principe, c'est « oui ».

Je la raccompagnai chez elle.

Le plus grand danger qu'on puisse courir en Corse, c'est la myrte ! Dans un petit verre ballon avec un glaçon ça n'a l'air de rien, à peine un cherry pour vieilles dames, mais attention, c'est un produit extrêmement nocif ! Ce ne sont que des fleurs mais, comme disait l'autre : il n'y a pas que ça. On bascule à toutes pompes dans la cuite du troisième degré. J'avais débarqué mi-juin avec un ami et nous avions emménagé dans une bâtisse des années 70 style *Mon oncle*. Il me tiendrait compagnie jusqu'à l'arrivée de ma femme. Enfin, de ma pas tout à fait,

Et qu'on n'en parle plus

mais presque femme. La première bouteille fut engloutie le soir même. Tout se passa bien jusqu'à ce que la lune disparaisse.

— Tu as vu ? La lune est partie.
— Quoi ?
— La lune n'est plus là. Pourtant elle était là, juste au-dessus de la cuisine.
— C'est normal. Elle tourne.
— Non c'est pas normal. Il faut prévenir l'observatoire !

J'appelai donc l'observatoire de je ne sais plus bien où, pour signaler la disparition de l'astre des nuits.

— Mais j'entends bien, monsieur Sardou, la lune s'est envolée... Vous en êtes à combien, là ?
— Combien de quoi ?
— Combien de verres ?
— Juste une bouteille. Même pas un litre...
— Alors tout va bien. Ne vous inquiétez pas. Elle sera de retour demain matin. Bonne nuit, monsieur Sardou.

J'appris ma pièce en une semaine. Une comédie américaine très bien adaptée par

Et qu'on n'en parle plus

Jean-Loup Dabadie : *Comédie privée*. J'avais comme partenaire Marie-Anne Chazel, une charmante amie. Les répétitions commenceraient en août, j'avais toute la vie devant moi. Anne-Marie débarqua à Figari. Elle était crevée. Avec son chapeau de paille et son collier de perles, elle me fit penser à Coco Chanel. Sauf qu'elle avait l'air d'un schtroumpf vert. Diriger un journal comme le sien lui pompait la santé. Elle n'avait emporté qu'une toute petite valise. Mon partenaire de myrte étant rentré la veille, nous étions tous les deux seuls sans doute pour la première fois. Elle trouva tout de suite la maison détestable. Je la priai de s'installer quand même. Nous avions deux chambres et bien entendu elle choisit l'autre.

— Tu es venue pour faire chambre à part ?

— Il faut que je m'acclimate.

Elle visita la maison de fond en comble pour trouver que je manquais de tout, nous partîmes faire les courses – c'est-à-dire un bon petit camion bien rempli – et

Et qu'on n'en parle plus

nous rentrâmes défoncés de fatigue pour dîner rapidement et nous coucher. Ce n'est qu'au beau milieu de la nuit qu'elle fit son entrée dans ma chambre et se glissa dans mon lit. Deux jours plus tard elle repartait, m'assurant que nous pouvions planifier notre mariage dès que ce serait possible. Si je mettais en musique ses entrées et ses sorties, ce serait un opéra !

Les chansons d'amour reposent sur une rencontre, une rupture, enfin l'action manquée ou celle de le faire. La dernière voie est la plus délicate, il faut dire sans trop en dire tout de même. La nostalgie d'un amour perdu fait aussi partie de la panoplie. Cette dernière est si naturelle, qu'on l'écrit sans même y penser. Valérie Michelin, ma directrice artistique, tient mordicus à mon « public » féminin.

— Parle aux femmes !

Soit. Mais ça va bientôt faire plus de quarante ans que je leur parle et j'arrive un peu au bout. Alors elle débarque avec ses feuilles de papier sur lesquelles il y a

Et qu'on n'en parle plus

des thèmes, des phrases, des mots, en me demandant de développer tout ça. Je téléphone aussitôt à Pascal Nègre, le grand patron d'Universal, pour lui rappeler que j'ai déjà développé.

— Eh bien redis-le autrement.

Alors le vrai travail commence. Mon équipe d'autrefois n'existe plus. Revaux est devenu homme d'affaires et les autres sont partis. Sauf Barbelivien qui est, comme chacun sait, « barbelivien » pour l'éternité. En quittant ma maison de disque Tréma pour aller chez Universal, j'eus la chance de rencontrer Robert Goldman. Grâce à Michelin, n'oublions pas de le mentionner sinon je vais me faire tuer. Il me suivait de loin depuis des années, mais, de mon côté, je le considérais plus comme producteur qu'auteur compositeur. Il me présenta des maquettes inaudibles, mais dans sa musique quelque chose m'accrochait. Les musiques ont une couleur et cachent une intention. Certains disent un climat, moi j'appelle ça une direction indéfinie. Un peu comme dans les avions ou sur les

Et qu'on n'en parle plus

bateaux, il y a trois nord : le nord vrai (celui des cartes), le nord magnétique (celui des pôles) enfin le nord compas dévié par tout ce qui l'entoure. Tous sont faux. Le vrai nord n'existe pas. Une mélodie peut prendre des directions diverses selon l'arrangement qui la supporte. Elle peut être rock, devenir un blues, ou bien country et enfin tarte si on n'y prend garde. La voie unique n'existe pas. Là aussi c'est un compromis.

Je n'évoquerai pas ma séparation avec Tréma parce que c'est navrant, désolant, sordide. Et puis tout le monde s'en fout... En tout cas moi je m'en fous. Les ruptures de contrat logent en arrière-cuisine où ça ne sent pas très bon.

J'ai déjà parlé du travail d'équipe où chacun apporte son point de vue, nous continuons à nous y tenir. Un groupe commence le travail sans moi en choisissant des départs qui deviendront peut-être des arrivées si je peux les mettre à ma sauce. En ce moment, par exemple, Valérie fait travailler des gens que je ne connais pas encore et qui soumettront

Et qu'on n'en parle plus

leurs idées sous forme de demi-maquette qu'elle me fera écouter plus tard. De l'autre côté, Robert et sa propre équipe travaillent eux aussi sur de nouvelles possibilités. Une fois ma pièce *Secret de famille* terminée, j'entrerai à mon tour dans le jeu. Je suis incapable d'écrire quoi que ce soit quand je joue tous les soirs. Excepté ce livre, naturellement. Il me permet de rester en contact avec les mots. Ne pas écrire longtemps, c'est ne plus savoir écrire du tout. Chanson et gymnastique, même combat. Malgré ces réflexions un peu confuses qui pourraient laisser croire que je connais mon métier, nous n'arrivons à faire une vraie bonne chanson qu'une fois sur cinq. On se plante beaucoup plus qu'on ne réussit. Comme disait Audiard : « Il vaut mieux partir la tête basse que les pieds devant. »

On me ressort encore « La Maladie d'amour ». Je ne m'en plains pas, mais c'est un peu vexant pour les trois cents autres. Cette chanson a mis des mois à venir au monde. La musique était formi-

Et qu'on n'en parle plus

dable, imparable, efficace, nous étions tous d'accord. La plaie était que lorsque nous posions un mot dessus, elle devenait aussitôt fadasse et perdait toute son efficacité. Je ne sais plus bien qui, de Desca mon coauteur ou de moi, trouva le : « elle court », mais ce fut le seul point de départ qu'elle voulut bien accepter. Ensuite on déroula la formule et ce fut une chanson réussie. Une année pour accoucher d'un titre somme toute très simple et sans finesse de tournure. Cette chanson fait partie, pour moi, des musiques à destination indéfinie mais au sens obligatoire.

— Je suis fatigué, maman.
— *C'est curieux qu'Anne-Marie soit partie juste avant son mariage ?*
— Elle avait promis à ses enfants de les rejoindre à Ibiza. Eux ne savaient rien. Elle se devait de les prévenir. C'est amusant de se rendre compte que c'est aussi difficile pour une jeune fille d'annoncer à ses parents son intention de se marier, qu'à une maman de le faire savoir à ses

Et qu'on n'en parle plus

enfants. Ses deux garçons, Mathias et Paul, étaient déjà des hommes et, une fois la surprise passée, ils lui fredonnèrent toute la journée : « Elle court la maladie d'amour de 7 à 77 ans »... Quand je dis la surprise, c'est faux. Ils furent aussi ballots que les autres, ne comprenant rien à ce qu'elle pouvait trouver d'attachant à ce chanteur de si mauvaise réputation. Mais comme la famille Périer est aussi complexe que la famille Sardou, tout finit par très bien s'intégrer dans ce chaos insensé que sont nos affaires privées. Nous sommes simplement devenus beaucoup plus nombreux à table.

— *Toi-même tu as failli ne pas t'appeler Sardou.*
— Pourquoi ? Papa n'est pas papa ?
— *Si, mais ton grand-père ne voulait pas le reconnaître. Il n'avait pas vraiment confiance.*
— À cause de Raimu ?
— *À cause de tout le monde.*
— Mémé une sauteuse !
— *Pas plus que les autres.*

Et qu'on n'en parle plus

— Tu m'as dit un « si » bien rapide, là. Ça me revient d'un coup mais toi, tu t'es fait appeler Rollin pendant des années.

— *Je n'ai jamais dit qu'il m'avait épousée jeune fille. Il adorait ta grand-mère, mais n'en demandait pas plus. Il s'est donc appelé Plantin.*

— Comme j'aurais pu m'appeler Rollin.

— *Non parce qu'il a fini par le reconnaître.*

— Pourquoi ?

— *Le jour où il s'est fait surprendre avec la bonne.*

— Dis donc maman, grammaticalement, t'es en train de parler en signaux de fumée, là. Avec tous ces « il » on ne comprend plus rien. Alors je suis le fils de qui, finalement ?

— *Laisse tomber ce sera pour un autre livre...*

La cérémonie eut lieu en octobre, et pas du tout comme nous avions prévu. Rien n'arrive jamais comme on l'a prévu.

— *Yaguel n'avait rien vu ?*

Et qu'on n'en parle plus

— En ce qui me concerne, à cette époque elle était « non voyante ».

— *Ça me fait penser que ton premier Olympia non plus, tu ne l'avais pas prévu.*

— J'y suis entré faute de mieux. Sylvie Vartan affichait en première partie : « The Voices of Harlem ». C'était un groupe de Blacks, d'avant le rap, qui cartonnait partout. Leur agent avait signé deux semaines et comme Sylvie faisait un triomphe, elle dut prolonger. Les Harlem avaient déjà un autre contrat ailleurs et Coquatrix me demanda de les remplacer au pied levé puisque je faisais partie du prochain spectacle aux côtés de Jacques Martin.

— *Tu te souviens qu'il bouffait les goûters que t'apportait ta grand-mère le dimanche en matinée ?*

— Moi j'avais honte mais pas lui.

J'arrivai donc une semaine avant mon tour sur cette scène de l'Olympia où je n'avais jamais mis les pieds. Coquatrix ne m'avait pas tout dit. Le rideau se levait, on découvrait un écran carré sur lequel défilait un court-métrage montrant Harlem. Les gosses jouant au basket, d'autres se

Et qu'on n'en parle plus

douchant en ouvrant les bouches d'incendie, les filles assises sur les marches crasseuses, mais typiques, des immeubles new-yorkais, une rythmique d'enfer sur des plans de taxis jaunes qui déboulaient à fond, des sirènes de flics, enfin toute l'Amérique sauf moi qui entrais, juste au noir, sur la chanson : « J'habite en France ». Pour la deuxième fois, le ridicule ne me tua pas. Dans l'histoire de l'Olympia, je suis une exception. J'y ai débuté comme je viens de le dire, ensuite je suis passé anglaise de Jacques Martin, puis américaine du même et enfin deuxième partie tout ça à la suite. Une courte tournée entre-temps pour finalement y revenir mais cette fois-ci en récital et pour deux mois ! À l'époque, le récital était réservé aux Bécaud, Brel, Aznavour, enfin aux grands anciens. Je fus le premier « jeune » à ouvrir le bal. Le problème c'est que je n'avais à mon répertoire que dix chansons. Coquatrix me dit : « Qu'à cela ne tienne, chante deux fois les mêmes. » Crois-le ou non, mais le public en fut ravi. Des années plus tard, je devais y passer pratiquement toute une saison et je battais le record de mon père en fêtant la centième. Ce qui n'était arrivé qu'une seule fois, avec lui, dans une revue de Joséphine Baker : « Paris mes amours »...

— *À l'époque les pièces se jouaient trois ans et les revues ou les opérettes sept et parfois onze ans comme « Méditerranée ».*

— Il faut croire qu'aujourd'hui le public se lasse plus vite.

— *Quant à toi tu écris trop vite. Tu cèdes à la facilité. Tu déboules sept années en vingt lignes ! J'ai beau tout savoir, je peine à suivre.*

— Je ne peux travailler que dans la facilité. Ce n'est déjà pas marrant de bosser, si en plus il faut se donner du mal, non ! Et par-dessus tout, je veux écrire ce qui m'a plu ou ce qui a compté. Je ne veux pas qu'on me connaisse. Je raconte simplement ce que je veux qu'on sache. Le reste c'est mes oignons.

Après Ibiza, nous sommes descendus en Provence chez une amie pour préparer le grand jour. Comme je n'avais pas pu joindre Anne-Marie en Espagne, je lui offris un

Et qu'on n'en parle plus

téléphone portable dernier modèle de chez Nokia qu'elle s'empressa de ruiner en tombant dans la piscine. Elle ne regarde jamais où elle met les pieds et on la voit plus souvent sur le cul que sur ses jambes. De plus, en été, elle s'entoure toujours d'un immense paréo qui lui serre les guibolles de peur qu'on puisse l'apercevoir déshabillée ; alors que nous étions seuls au monde au milieu de la garrigue, mais bon. Même à la maison je n'ai pas le droit d'entrer dans la salle de bains et il faut éteindre le temps qu'elle se mette au lit !

— *Vous faites tout dans le noir ?*

— Non. Elle se détend quand je fabrique une pénombre. Mais le pleins feux, tu peux faire une croix dessus.

Notre première idée était de nous marier en Corse. Loin de Paris et en petit comité. Nous avons renoncé à cause du délai légal que l'on doit respecter entre la déclaration de divorce et le droit de refaire sa vie. Nicolas Sarkozy, alors maire de Neuilly, fit tout ce qu'il put pour écourter la publication des bans afin que nous puissions passer avant mon fils Romain

Et qu'on n'en parle plus

qui lui aussi se mariait, le lendemain. Je tenais à garder un ordre chronologique. Il y eut donc deux mairies, une église et deux fêtes en quarante-huit heures ! J'ai mis un bon mois à m'en remettre. Le plus difficile fut de faire admettre à ma femme qu'elle devrait forcément accepter d'être prise en photo. Un comble ! Tous les journaux et magazines étaient là, et je dois préciser : gentiment là. Chacun dans son carré et pas du tout la ruée habituelle ni la bousculade traditionnelle dans ce genre d'événement. Un ami photographe me dit que le plus simple serait de nous mettre au balcon, comme ça on nous aurait tous les deux ensemble, et que si elle voulait bien faire un petit signe de la main ce serait encore mieux. Elle a failli tout annuler. Ajoutons qu'il y avait ce jour-là un casting digne des Oscars qui jaillissait d'un lâcher de Mercedes noires à n'en plus finir. Je précise qu'à part quelques bons copains à moi tout le monde venait pour elle. Je ne connaissais pour ainsi dire personne. La grande salle de la mairie était bondée, Nicolas fut parfait et au moment

Et qu'on n'en parle plus

du verre de champagne traditionnel, je la pris par la main et l'entraînai de force sur le balcon. Elle fit un signe sous les applaudissements.

— Tu vois que ce n'est pas si dur ?

— Je ne suis pas faite pour cette vie-là.

— Tu ne vas pas divorcer tout de suite ?

Elle m'embrassa et re-applaudissements. Je passe sur le déjeuner parce que je ne me souviens plus avoir déjeuné, et j'allai me coucher pour dormir un peu jusqu'à l'heure du grand dîner.

— *Tu ne peux pas t'en souvenir, il n'y eut pas de déjeuner. Vous vous êtes mariés en fin d'après-midi. Tu confonds avec le mariage de ton fils.*

— Ah oui pardon. Mais j'ai dormi ?

— *Un peu. Juste avant de te changer.*

Anne-Marie, qui a dirigé durant presque vingt ans le magazine *ELLE* à la tête d'une armée de filles extrêmement talentueuses mais pas faciles à commander – l'étage qu'elles occupaient je l'avais baptisé le couvent des mangoustes –, se comportait comme une enfant à l'abandon dès qu'elle

Et qu'on n'en parle plus

sortait de son bureau. Elle conduit comme un flan, ne sait absolument pas s'orienter, à droite elle se plante, à gauche aussi... Je me souviens l'avoir vue en sanglots sur un bateau parce qu'un marin lui demandait de faire un nœud de chaise... Si elle n'a pas son carnet d'adresses dans son sac elle est aussi perdue que moi dans le Ténéré, elle ne saura jamais se servir de son téléphone portable pour ouvrir un SMS, quant aux ordinateurs, j'ai mis cinq ans à lui expliquer comment lire une pièce jointe dans ses mails. Tout ça mis à part, elle sait tout faire.

Une phrase de son père François Périer me revient. Il était déjà bien malade mais gardait des moments de vraie lucidité. Lorsqu'elle lui annonça qu'elle allait m'épouser, il répondit en souriant : « Tu reviens enfin dans la famille. » Il m'a fait l'honneur de venir me voir jouer *Comédie privée*. Même les ouvreuses avaient le trac. C'est de lui encore que me vient la certitude que la vraie vie d'un interprète est la fausse. Il mettait un temps fou à se débarrasser d'un personnage. Lorsqu'il joua

Et qu'on n'en parle plus

Mazarin, par exemple, il était cardinal chez lui. Pour s'en sortir et respirer un peu, Colette, sa femme, allait promener son chien en faisant cinq fois le tour du quartier. Anne-Marie s'était d'ailleurs juré de ne jamais vivre avec un artiste. Elle en avait trop vu avec son père...

La fête du soir se passait chez Azzedine Alaïa, dans son grand atelier. Je me souviens qu'Eddy Mitchell me glissa à l'oreille :

— Je ne connais pas ce resto. On bouffe un couscous ?

Je n'ai pas évoqué Eddy dans ce livre mais je l'aime énormément. Il tient une place particulière dans mon cœur. Nous ne nous voyons pas souvent mais ce n'est pas nécessaire. Je sais qu'il sait et c'est ce qui compte. Nous sommes deux ours dans la même forêt et chacun connaît parfaitement le sentier où est passé l'autre.

La maison d'Azzedine est incroyable. Pour commencer, elle est immense. Des miroirs géants partout ; des robes suspendues partout ; des tableaux larges comme

Et qu'on n'en parle plus

des villes partout ; des gens qui dessinent, qui coupent, qui essaient partout ; des escaliers partout ; des chiens partout, et lui un petit homme au milieu. Un homme d'une gentillesse et d'une courtoisie d'un autre monde. Il a le talent de rendre les femmes belles, quel merveilleux métier ! Et ce soir-là, des femmes il y en avait partout. Toutes plus élégantes les unes que les autres. Il avait libéré une immense pièce sous verrière pour la transformer en salle à manger pour trois cents convives. Tout New York, tout Londres et tout Paris de la mode, de la finance, de la presse, des arts et de la politique était là. J'en faillis même me demander si j'avais bien fait de téléphoner... Qu'est-ce que je foutais là, moi ? Je faisais figure d'intrus. Le président Chirac fit son entrée en début de soirée. Ce jour-là, il avait un dîner avec les présidents de l'Union européenne. Mais il ne partait pas. Sa fille Claude n'arrêtait pas de le tirer par la manche, lui s'en foutait. Il était bien. Presque en vacances. Un mot pour l'un, un verre pour l'autre, bref le dîner des présidents l'emmerdait à

Et qu'on n'en parle plus

mourir. Il vint me dire : « Tu as décroché le gros lot. » Il fallut pourtant qu'à la demande de sa fille je lui demande de partir pour le bien de l'Europe, il eut un soupir, embrassa presque toutes les femmes et monta dans sa voiture. Je crois qu'à cet instant il aurait bien aimé être un chanteur. Je perdis de vue la mienne un moment et je me retrouvai en face d'un de ses ex. Nous pensâmes la même chose en même temps... Enfin le ciel s'éclaircit et mit fin à la fête. Il était temps. J'avais bu la moitié du Bordelais et le matin me réveilla. Il s'ensuivit un profond mal de tête et un sommeil affreux.

À l'heure où j'écris, cette belle soirée a neuf ans. Déjà ! Neuf années de vrai bonheur. Je n'ai rien vu passer. Ce « putain de temps » qui transforme tout en habitude routinière n'a rien entamé. Pas une ombre, seulement des déménagements. Entre sa rue de Marignan, Neuilly, la Corse, la rue Maunoury, la vente de Neuilly et de la Corse la même semaine, la Haute-Savoie et la rue Montaigne, ça nous fait huit fois des travaux et je ne sais combien de camions de la maison Biard déménageur à toute épreuve... Quand je disais qu'elle sait tout faire, il faut la voir lister ses meubles, répartir ses objets et les miens, choisir la déco, les rideaux, les couvre-lits, la moquette et j'en passe. Même le bateau, il a fallu qu'elle s'en mêle ! Elle qui n'avait eu qu'un chat toute sa vie se retrouva avec trois chiens qui vont bientôt devenir cinq. Et tout le monde sur le lit pour regarder la télé. Je devrais même dire six puisque nous récupérons tous les soirs Bistouri, la chienne de nos voisins qui, elle aussi, adore Bruce Willis.

Nous n'avons pas connu l'embarras des premiers jours, la découverte du comment est l'autre. Tout de suite nous vivions ensemble depuis toujours. J'ai besoin qu'elle soit là, tout près. Qu'elle s'en aille une heure pour une course, je déprime. Quand j'enregistre, c'est elle qui s'enroue, quand je monte en scène, c'est elle qui a peur, elle surveille ce que je mange, ce que je bois, combien de cigarettes je fume – là, elle a du mal –, l'alcool n'est plus qu'un

Et qu'on n'en parle plus

seul baba au rhum une fois par mois et l'amour à volonté.

Je me rends bien compte que ce livre ne raconte pas tous ceux qui ont partagé de près ou de loin ma vie. Je le répète, j'ai écrit comme ça venait. L'enfant que j'ai été est, sans doute, le plus mort de mes morts ; l'adolescent et le jeune homme sont devenus sépia et l'homme que je suis n'a gardé que l'écume des choses. Seules les amours...

— *Tu brouillonnes un peu, non ?*
— Je ne brouillonne pas, j'accélère.
— *Pourquoi ? Ça sent l'écurie ?*
— Non, je les embrouille pour la fin.
— *Je la connais ta fin. Si un gendarme tombe dessus il va te mettre en garde à vue.*

J'aime bien recevoir des amis, mais je ne tiens pas à les voir trop souvent. Ils m'obligent à vivre à leur rythme et ça m'ennuie profondément. Je vis à l'horaire américain. À 6 heures trente je dîne, je m'enferme dans ma chambre où je me mets au lit, et j'allume le lecteur de DVD qui me passe les derniers sortis et bien

Et qu'on n'en parle plus

avant la France, grâce à une filière roumaine dont je suis seul à posséder la clé. À 11 heures : je dors. Ma charmante épouse n'en espérait pas tant.

Dans mon métier, la femme est le garde-fou. Elle sait comment dire la vérité. Et ne craint pas de la dire. L'entourage se méfie et c'est naturel, son avenir dépend un peu du nôtre. Il ménage la critique. Mes choix sont toujours instinctifs mais mon instinct n'est pas infaillible. Je me lance éperdument dans des conneries sans nom. Je suis cigale, l'économie m'emmerde et je n'ai nullement l'intention d'être le plus riche du cimetière. J'en profite tant que je peux le faire et quand je ne pourrai plus je n'éprouverai aucun regret.

— *Ça, pour les folies, je te fais confiance.*
— Qu'est-ce qu'il y a de plus excitant dans la vie, maman ? On a l'impression d'en recommencer une nouvelle chaque fois. D'autant mieux que moi je ne fais rien dans les déménagements. C'est elle qui se coltine les mises en place. Quand

Et qu'on n'en parle plus

j'arrive, j'ai le bouquet de fleurs sur la table et le dîner est servi. Il faut dire qu'elle sait y faire.

— *Elle t'a quand même obligé à jurer de t'arrêter un peu. De ne plus changer de maison pour un moment.*

— Oui. J'ai promis.

— *Tu ne tiendras pas.*

Ce samedi-là, j'avais joué en matinée et en soirée avec une crève épouvantable. Un début de grippe avec chaud, froid, frissons et fièvre. J'étais pourtant vacciné mais c'était celui conçu l'an passé et le virus avait trouvé le moyen de s'en foutre. L'entrée des artistes du théâtre des Variétés se trouve au fond d'une galerie qui sert d'autoroute à courants d'air. Il pleuvait et j'avais le moral en flaque. Ma femme, Anne-Marie, était partie la veille pour suivre un traitement très lourd qui devait durer six mois ; ce genre de remède qui fait aussi peur que la maladie qu'il soigne. J'en ai dit un mot plus haut. Les médecins ont beau vous affirmer qu'avec les progrès accomplis depuis ces dix dernières années

Et qu'on n'en parle plus

il n'y a plus rien à craindre, on craint quand même. Et puis j'avais joué sur l'énergie en faisant tout mon possible pour ne pas tousser. Je donnais pratiquement toutes mes répliques en apnée. Le rythme en avait souffert et j'étais mécontent de moi. En passant devant son comptoir, le concierge m'avertit qu'il y avait du monde dehors qui m'attendait. Il les avait prévenus que je passerais très vite pour rentrer me mettre au chaud mais ils n'avaient pas bougé. Ils tenaient à ce que je signe leur programme. De la salle, eux n'avaient rien vu, je faisais, comme toujours, mon sale caractère qui n'en a rien à faire du public qui a payé son entrée. Combien de fois ai-je connu ces situations ? Le concierge avait à peine ouvert la porte qu'une grosse frisée me tombait dessus en me disant :

— T'étais plus sympa y a quarante ans !

— Où j'étais il y a quarante ans ?

— *Tu es resté un moment sur la butte.*

La grosse ne me lâchait pas. Elle me retenait par le col de mon manteau.

Et qu'on n'en parle plus

— T'es pas malade, t'en as rien à foutre de nous, c'est tout !

Avec l'aide du concierge qui la ceinturait de son mieux, je m'engouffrai dans mon taxi.

— Nous allons chez vous, monsieur ?

— Non. Emmenez-moi au Sacré-Cœur. Vous m'attendrez un peu. Je souhaite voir quelque chose. Prenez par la rue des Martyrs et grimpez. Garez-vous sur la petite place où il y a la boulangerie... Je vous indiquerai.

— J'y suis resté combien de temps là-haut, maman ?

— *Quelques années, comme d'habitude.*

Montmartre n'était déjà plus le quartier de bohème que les habitués du « Lapin agile » aimaient tant, mais il avait de beaux restes. Les cars n'embouteillaient pas encore le haut de la rue Lepic et les arbres tenaient fièrement debout place du Tertre. Ce fut longtemps mon domaine. Un petit appartement rue Chappe, où la fenêtre de ma chambre s'ouvrait au ras des marches qui suivaient le funiculaire. Tous les habitués entraient ou sortaient par cette fenêtre. Les voisins du dessus s'en plaignaient, mais comme je ne les aimais pas non plus nous étions quittes. On dit souvent « Montmartre est un village », non. J'ai traversé des milliers de villages, aucun ne ressemblait à Montmartre. C'est un morceau d'ailleurs au-dessus de Paris. Les postes avancés sont la place Clichy et son pont Caulaincourt, la place Blanche et son Moulin-Rouge, enfin Pigalle avec ses marchands de guitares et son « tout ce que vous savez ». Quand une course est indispensable, on se résigne à les franchir pour descendre en ville. Mais vite fait à cause des voitures ! Être rive gauche ou rive droite ça reste assez flou ; je suis passé de l'une à l'autre sans vraiment y penser. Montmartre est un carré. Un camp retranché. On en part de mauvaise humeur. Lorsqu'il a fallu que je le quitte, je n'y suis plus jamais remonté. Plus jamais jusqu'à ce soir à cause de cette nouille qui me poursuivait toujours, courant derrière le taxi en brandissant son programme.

Et qu'on n'en parle plus

Avant les escaliers de la rue Chappe, quand j'habitais si peu chez mes parents, j'avais choisi de m'installer au fond d'une cour dans un tout petit bâtiment délabré où j'avais arrangé une chambre minuscule. J'appris plus tard que cette vieille ruine avait été en son temps le pavillon de chasse de Jean de La Fontaine. J'ai donc consommé ma première nuit de noces de mon premier mariage chez le dernier fabuliste. J'aurais dû me méfier. La morale est d'ailleurs tombée trois cents mètres plus bas, rue de l'inventeur du télégraphe, quand je mis fin à cette union de jeunesse.

— Je ne vois pas de boulangerie, monsieur.

— Ça ne fait rien, mettez-vous où vous voulez. Je n'en ai pas pour longtemps.

Je pris la route du Tertre et une fois dessus je ne reconnus plus rien. Seules la basilique et l'église Saint-Pierre étaient encore en place. Il n'y avait qu'un seul bistrot d'allumé où la barmaid faisait un sudoku. J'y entrai :

— Il n'est pas tard. Tout est fermé ?

Et qu'on n'en parle plus

— Vous n'êtes pas du coin, vous ?

Je revins au taxi.

— Vous avez vu ce que vous vouliez ?

Oui. J'étais plus sympa il y a quarante ans. Rentrons.

Se souvenir, c'est ouvrir un album de photos de famille par la fin. Les dix premières pages ça va, on se reconnaît, on peut mettre un nom sur chacun, on voit très bien les lieux, les maisons, les jardins, les restaurants et même ce qu'on y a mangé et puis soudain on recule d'un siècle ! Le temps passé se perçoit aux robes des femmes, aux cravates des hommes, aux voitures. À cette manière de poser devant l'appareil. Et puis se souvenir c'est douloureux. Si les événements se succèdent à peu près, les visages restent jeunes, les années passent, pas eux. Elle avait vingt-cinq ans lorsque je l'ai connue, elle les porte toujours trente ans plus tard quand je l'évoque. C'est peut-être ça qui fait le plus de mal ?

— *Comment je suis, moi, quand on se parle ?*

Et qu'on n'en parle plus

—Tu ressembles à la photo Harcourt que j'ai dans la loge. Tu souris à côté de papa.

—*J'avais trente ans. Rondelette et très mignonne. En ce temps-là j'étais son genre. Avant qu'il ne vire à la blonde filasse.*

—C'est comme au cinéma, un film prend immédiatement un coup de vieux s'il n'y a pas de téléphones portables. Entrer dans une cabine tout le monde a oublié. En musique, ce n'est pas la mélodie mais les arrangements qui datent. Si tu repasses « Only You » non remixé, tu n'as plus du tout envie de danser.

—*De toute façon on ne danse plus. Avant il y avait le quart d'heure « on emballe », comment font-ils aujourd'hui ?*

—T'inquiète pas ils emballent.

—*C'est quoi ta technique ?*

—Je m'assois dans un coin, je fais la gueule et j'attends.

—*Et ça vient ?*

—Tout le temps... tout le temps mais il y a longtemps.

—*Qu'est-ce que tu fais maintenant ?*

Et qu'on n'en parle plus

— Maintenant je ne vais plus en boîte, je reste chez moi et je range mes livres.

— *Ceux que t'a vendus ce vieux protestant qui se faisait ses deux litrons par repas et qui s'est marié avec une Russe de cinquante ans sa cadette. Qu'est-il devenu ?*

— Poussière. Comme tout le monde.

La librairie Clouzot est une des plus vieilles de Paris. Aujourd'hui elle a disparu. Un jour je décidai de mettre en vente les quelques livres que mon père possédait. On me recommanda d'aller voir Marcel Clouzot, le frère du metteur en scène, pour qu'il me donne un avis. Ces livres n'avaient qu'une valeur sentimentale et je ne savais plus où les mettre. Il commença par m'engueuler.

— On ne fait pas d'affaires avec les livres, mon cher ami. On les aime, on les lit, ça ne peut pas faire de mal, et on se les garde ! Ça prend de la place, c'est lourd, il faut les entretenir mais sachez, jeune homme, qu'une bibliothèque c'est vivant. Dites-moi un peu ce que vous avez aimé lire ?

Et qu'on n'en parle plus

Un moment j'eus peur de passer pour un con ; je citai *Les Thibault, Le Voyage* de Céline, Romains et ses bonnes volontés, Hugo, Dumas, Nerval, les *Vies* de Plutarque, Suétone, les poètes maudits et enfin le *Port-Royal* de Sainte-Beuve ainsi que celui de Racine. Je passai sous silence toute la Série noire et les centaines de thrillers que j'engouffrais régulièrement, sans oublier les contes érotiques du XVIIe, du vrai bon porno comme on l'aime, où le clérical est fortement impliqué.

— Port-Royal ? La Contre-Réforme vous intéresse ?

— En effet.

— Avec moi, vous allez être gâté. Je possède l'essentiel. Je vous ferai même cadeau de la nécrologie. Et vous avez tous ces livres chez vous ?

— En édition Folio ou poche, monsieur.

— Bon. Vous m'invitez à déjeuner chez vous demain et je prends en charge votre bibliothèque. Vous manquez de tout, mon pauvre ami. À commencer par Michelet,

Et qu'on n'en parle plus

Rousseau, Voltaire, Molière et Anatole France pour ne citer que les plus courants. Fontenelle vous sera très utile ainsi que Diderot mais nous réglerons tout ça demain. N'oublions pas les trois fabulistes. Vous verrez que La Fontaine n'a rien inventé.

— Je le sais bien, j'ai dormi dans sa chambre.

Là, il marqua le coup. Comment se pouvait-il ? Je poursuivis :

— Mais Anatole France, vous croyez vraiment ? (Je me souvenais de mes malheureuses dictées.)

— Tenez, je vous offre celui-ci : *Thaïs*. On en reparlera devant un verre de bon vin. Je n'aime que le bourgogne...

— Monsieur, les vieux livres valent très cher et je ne suis pas encore...

— Vous me paierez quand vous le serez.

Et c'est ainsi que je me suis retrouvé à la tête de plus de deux mille volumes qui me prennent cent quatre-vingt-dix-neuf cartons à chaque déménagement et une pièce spécialement réservée, sans trop de lumière, à ces hommes de génie qui ont

Et qu'on n'en parle plus

tout compris des siècles avant le nôtre et qui demeurent une découverte à chaque relecture.

— *Romain ne s'est pas gêné pour t'en emporter une longue étagère.*

— Je les lui laisse avec plaisir, maman. Il n'y en a que deux qui s'appellent reviens.

— *Les pornos ?*

— Non.

— *Ton père avait planqué au fond d'une armoire tous les « Paris Hollywood ». La collection complète. Des romans-photos de fesse ! Comme s'il avait besoin de ça ?*

— Ils sont planqués chez moi maintenant. C'est amusant de constater qu'à l'époque c'était du hard et qu'aujourd'hui ils passeraient pour une gentille guimauve. Mais cette fois-ci je suis décidé. Je vends tout. Plus de place nulle part.

— *Souviens-toi de ce qu'il a dit : c'est vivant ! Tu t'en sépares, t'as la scoumoune.*

— Quelle scoum ?

— *Ils font partie de ta vie et ils te protègent.*

— Tu plaisantes ?

Et qu'on n'en parle plus

—*Essaie quelque chose. Quand tu doutes, tu en ouvres un, n'importe lequel, et tu verras qu'avec un peu de patience tu trouveras l'explication qui te manquait.*

—On dit ça aussi de la Bible. J'ai essayé et que dalle.

—*Est-ce que Clouzot t'a mis la Bible dans ta bibliothèque ?*

—Non... Tu cherches à me foutre la trouille, là ?

—*Non j'accélère moi aussi.*

—Je t'ennuie ?

—*Je dois sortir.*

—Dis-moi, ton père que tu n'as pas connu ? que Bagatelle appelait « le con » ? Tu dois bien avoir une idée ?

—*J'en ai une, oui. Mais qu'est-ce que ça peut faire ?*

—Dis toujours...

—*Tu l'as croisé une fois dans ta vie. Une seule, c'est tout.*

—Il me semble que tu pourrais... Maman ?... Maman ?... Maman ?

—Elle est partie, Michel. Une urgence chez ton fils pour son prochain roman. Un

Et qu'on n'en parle plus

thriller qui prend racine dans la guerre de Sécession.
— Papa ?
— Oui.
— C'est pour ça qu'elle parle anglais maintenant... C'est curieux, tu parais rajeuni. Tu as un peu de temps ?
— Je suis là depuis le début mais ta mère, comme tu sais, n'en laisse jamais placer une. Je crois que tu commets une faute en ne parlant pas de la petite Cynthia. Elle a raconté la courte histoire de sa vie en suivant sa colère, tu lui dois une réponse en toute franchise.
— J'y ai pensé, mais je ne sais pas comment m'y prendre.
— Écris ce que tu éprouves. N'entre pas dans les détails. Parle en père.
— Le père, quel père ? Je ne l'ai pas élevée, j'ai fait en sorte qu'elle ne manque jamais de rien, j'ai même dépassé la limite des pensions, mais d'une façon concrète nos rapports n'ont jamais existé. Elle vivait avec sa sœur dans le Sud, une autre vie de famille où je n'avais plus ma place. Alors de quel père

Et qu'on n'en parle plus

parlons-nous ? Un père ce n'est pas un chéquier, un personnage lointain qu'on hésite à appeler, et appeler pour dire quoi ? J'ignore tout de son enfance. J'en apprenais un peu par maman qui, elle, les suivait toujours. Ce n'est pas suffisant. Je ne vivais plus avec sa mère ; tout du moins plus la vie d'un vrai couple ; on tenait tant bien que mal en attendant la fin ; je savais que de son côté à elle, elle avait rencontré un homme avec lequel elle allait se marier une fois notre divorce prononcé. Il n'est pas question ici de remettre en cause quoi que ce soit, mais ça s'est passé comment ? Je suis incapable de répondre. J'ai perdu la mémoire de cet amour-là. Un jour Cynthia est venue vers moi. Elle avait besoin que je l'aide à trouver sa voie. Je l'ai logée dans un petit studio que je possédais encore rue Nortier et j'ai appelé quelques relations pour qu'elle puisse démarrer dans l'audiovisuel. Puisque nous parlions de franchise, je n'avais plus rien à lui dire. De son côté, je crois qu'elle n'avait jamais accepté mon départ. Elle vécut avec sa mère peut-

Et qu'on n'en parle plus

être à contrecœur. Enfin son imagination s'est mise en route. Elle m'a jugé sans connaître le dossier et condamné sans écouter la défense. Je la comprends. Elle a commis l'erreur d'arbitrer ses parents. Et puis vint la nuit de son agression... Je ne sais plus qui a dit ça : il n'y a rien de plus difficile que de supporter la souffrance des autres. J'ai fait ce que je croyais bien, mais sa rage enfouie décupla. Ça aussi, je le comprends. Que peut-il y avoir de pire pour une femme que de se faire violer ? Elle passe en une seconde à l'état de morte vivante. J'avoue piteusement avoir perdu pied. Que répondre quand on a la haine du monde entier devant soi ? Je l'ai gardée un temps à la maison et j'ai craqué. Une sœur de sa mère l'a prise en charge et s'en est occupée du mieux qu'elle put. Une chance s'est présentée, un travail pour Canal Plus à Los Angeles. J'ai cru que cet éloignement serait sa bouée de secours. Il n'en fut rien. Je t'épargne, papa, les mails effrayants qu'elle m'envoya de là-bas, m'accusant de tous les maux,

Et qu'on n'en parle plus

y ajoutant même le meurtre... Elle publia un livre de colère, porta plainte contre moi d'une faute improbable, en avertissant les journaux pour que ça fasse plus mal, et la rupture fut consommée définitivement. Voilà.

— Elle est malade.

— Si tu appelles ça comme ça, oui. Mais nous sommes tous impuissants devant cette maladie. Le mal de vivre peut tout à la fois produire des chefs-d'œuvre ou nous laisser au bord de la route.

— Il ne faut pas avoir peur de ce qu'on est, tous les hommes ont leur part d'ombre. Tu as au moins le mérite d'être resté un chéquier. Tu payes son loyer. Elle a un toit ; tout le monde ne peut pas en dire autant. Toutes les familles ont leur drame. Elles font avec.

— Tu crois vraiment que ça aide de ne pas se savoir seul ?

— Non. Mais si tu n'en avais pas parlé, à mes yeux, tu aurais été moins homme.

— Je suis content de ne pas t'avoir déçu. Et si tu me parlais un peu, toi ? Qu'est-ce que tu racontais à Romain ?

Et qu'on n'en parle plus

— Des propos de grand-père. D'ailleurs tu devrais commencer à y penser, j'ai vu que la famille commençait à devenir une meute.

— Ils sont si petits.

— Ne crois pas ça. Ils entendent. Ils rangent tout dans un coin de leur cerveau et un matin sans comprendre pourquoi ça remonte. Ils ne savent pas d'où, mais ça leur semble familier. Une évidence ! Comprends-moi bien, on ne donne pas de conseils à un enfant de trois ans ; on lui raconte une histoire. Sa propre histoire. Il y a une chance sur deux pour qu'il rejoue la même. Je t'ai dit mille choses quand tu ne comprenais rien. Maintenant tu as mon âge. Tu as suivi ta vie comme tout le monde et tu essaies de nous la raconter en t'amusant avec ta mère. C'est un angle qui en vaut bien d'autres, mais est-ce qu'on saura mieux qui tu as été ? Non. Parce que tu n'en as pas la moindre idée toi-même. Et puis, te connaissant par cœur, je sais aussi que tu t'en fous. Tu fais un point parce que c'est l'heure. Tu as été aussi franc que tu as pu mais tu n'as fait

Et qu'on n'en parle plus

qu'effleurer les événements. Que peut-on faire d'autre ? On ne peut rien prévoir, même si nous passons notre temps à vivre pour demain. Combien de fois je t'ai entendu dire : « Je n'ai pas vu le temps passer. » C'est pareil pour tout le monde. Personne ne voit jamais le temps passer. Nous sommes tous le nez sur le guidon.

— Maman avait raison, t'es chiant pour un comique.

— J'en ai autant à ton service. Tu nous as tellement fait rire avec tes chansons !

— Je ne voulais pas te blesser.

— Tu ne m'as rien fait. Finis ton livre. C'est maintenant que tu vas te souvenir vraiment de ce que je t'ai raconté quand tu ne comprenais rien.

— Comment ?

— En prenant conscience de ce qu'un vieux scientifique affirmait en son temps.

— Je me perds. Et puis qu'est-ce que vous faites là, tous les deux ? On nous bassine depuis des lustres qu'on va au ciel, pas vous ?

— Qu'est-ce que tu as fait tatouer sur ton bras ?

Et qu'on n'en parle plus

— Deux roses avec une inscription : « meurs et deviens ».
— Alors deviens.

Il est 16 h 45, j'arrive au théâtre. Juste un court arrêt à la pharmacie du boulevard pour acheter une crème démaquillante et des lames de rasoir. Je demande les clés de ma loge au concierge.

— Laissez-moi vos paquets, la petite est là-haut.
— Quelle petite ?
— Vous savez bien, la brunette qui vous attend dehors tous les soirs. Je l'ai installée dans la loge du troisième, celle où il y a un petit bar. Je vous préviendrai quand les autres commenceront à se pointer. Amusez-vous bien, Fernand.
— Pourquoi tu m'appelles Fernand ?
— Comment voulez-vous...
— Ah oui ! pardon, j'ai la tête ailleurs...

Mais non. Je n'ai la tête nulle part. Je dois être malade, ce n'est pas ma voix qui a répondu. Je la connais parfaitement, ma voix, elle est beaucoup plus

Et qu'on n'en parle plus

grave et n'a aucun accent. Et puis je n'ai ni à ouvrir la porte d'un théâtre, ni à demander des clés, je passe par la grille de derrière et mon régisseur m'attend à l'entrée des coulisses. Qui est ce concierge ? Et pourquoi suis-je à l'opéra ? On fait le Zénith quand on passe à Toulon... Plus jamais l'opéra. J'ai froid tout à coup.

— Quel temps fait-il ?

— Un temps de janvier, on se les gèle !

J'ai la curieuse sensation d'être deux. Deux en un...

— Francis, de quoi j'ai l'air ?

— Vous avez l'air de tous les jours, monsieur. Mais ce n'est pas Francis, moi c'est Lucien. Ça ne va pas ?

— Si, si. Je dois rêver. J'ai mal dormi, je n'ai plus mes cachets.

— Vous voulez un petit remontant avant d'aller voir la demoiselle ? J'ai un bon cognac, fait maison.

— Un petit alors.

Il disparut deux minutes. Il y avait bien un escalier, les étages étaient courts, avec des marches mal foutues. On aurait juré

Et qu'on n'en parle plus

qu'elles étaient posées à l'envers. Le plus haut côté près de la rampe, le plus aplati contre le mur.

— Tenez, buvez, vous m'en direz des nouvelles. Il vient de chez la famille de ma femme.

— Donne-moi une cigarette, Lucien.

— Jackie ne va pas être contente. Ça vous est interdit.

— Ce ne sont pas les interdictions qui guérissent.

— Alors ? Qu'est-ce que vous en pensez ? Il décape, hein ?

— Je le connais bien, j'en ai bu il y a longtemps.

— Ah bon... Vous êtes passé chez les parents de ma femme ?

— Non. C'était dans le tunnel de la porte Maillot. Le jour où ce n'était pas mon jour...

— Que voulez-vous dire ?

— Que ce pourrait bien être aujourd'hui, mon jour. J'y vais.

Pour moi, d'habitude, trois étages c'est éprouvant. Là, rien. Et la cigarette au bec ! La loge avec le bar c'est la 31. Je me penchai par-dessus la rampe :

Et qu'on n'en parle plus

— Quel jour sommes-nous, Maurice ?

— Le 31 janvier. Mais ce n'est pas Maurice, moi c'est Julien. Remarquez, je comprends. À force de voir des concierges on finit par tous les confondre. Et puis mon cognac c'est pas celui du commerce... Souvenez-vous : « Vous n'avez rien bu mon garçon. » Indétectable, le mien !

Vus d'en haut, Francis, Lucien, Maurice ou Julien n'étaient plus à leur place... J'eus la certitude que la voix qui m'avait répondu n'appartenait à personne. Elle sortait de moi-même. La « 31 » était au fond du couloir à gauche, porte ouverte. En approchant, j'entendis qu'à l'intérieur un disque de mon fils jouait une chanson qu'il n'avait pas encore écrite. Il faut laisser l'idée voyager et puis ça vient d'un coup, dit-il. Il écrit d'un trait. Sans se relire. Un jour il le regrettera. Il ne sait pas encore que les mots sont dangereux.

— Mais si. Je sais ce qu'ils valent.

— C'est toi ou c'est moi qui parle ?

— C'est nous. Ne t'arrête pas, on entre.

Et qu'on n'en parle plus

Elle était assise près d'une petite lampe. Les mains croisées sur sa robe. Charmante. Seuls ses yeux souriaient. Je l'avais bien remarquée en sortant après la représentation, mais je n'avais pas fait attention à sa beauté. Elle était si jeune, j'aurais eu l'air de quoi ? Et même là, devant elle, j'avais un peu honte.

— Vous n'avez pas à avoir honte puisque c'est moi qui vous fais venir. Vous n'aurez qu'à vous laisser faire.

Elle s'approcha et posa ses lèvres sur les miennes. Elles avaient un goût que je ne reconnus pas. Quelque chose d'une fleur. Pas le parfum d'une fleur, le goût. Comme celles que l'on cueille et qu'on mâchouille sans y penser en se promenant. Sa robe glissa sur ses pieds nus. Malgré la perfection de son corps, le désir ne vint pas.

— Étendez-vous.

— Vous êtes une enfant, et moi...

— Non, il y a bien longtemps que je ne suis plus une enfant.

Elle s'étendit sur moi et me fit l'amour très doucement. Même le plaisir fut différent. J'étais envahi d'une chaleur

Et qu'on n'en parle plus

intérieure. Elle resta sans bouger et m'embrassa encore. Pas loin j'entendis un bruit de pas pressés. Je me dégageai en m'excusant de lui demander d'attendre, pour quitter les lieux, que je sois redescendu dans ma loge. Elle me sourit gentiment et m'ouvrit la porte. Je me sentais parfaitement bien. Je gardais encore cette étrange chaleur dans le ventre et le goût des fleurs me revint. J'étais certain de les connaître mais je n'arrivais pas à retrouver leur nom. J'y suis ! Les myrtes ! Une légère secousse et je me retrouvai allongé sur le sol. J'avais mon chapeau dans la main droite et le petit paquet de la pharmacie dans l'autre. Il me semblait pourtant que je l'avais laissé à Frank mais, bon... Un homme se penche sur moi. Il est terrorisé. J'entends des allées et venues un peu partout. On court, on monte, on descend ; on croirait qu'il y a le feu. Un autre homme, mais cette fois-ci un gendarme, fouille dans la poche de ma veste. Il en sort mon portefeuille et l'ouvre.

— Son fils s'appelle bien Michel ?

Et qu'on n'en parle plus

Quelqu'un que je ne vois pas lui confirme.

— Y a son numéro de téléphone.

J'aperçois la petite de tout à l'heure et je me rends compte que je ne lui ai même pas demandé son prénom. Elle n'a pas attendu que je sois dans ma loge. Elle se faufile sans me regarder au milieu de tout le monde. Personne n'y prête attention. Elle s'engage dans l'escalier puis disparaît. Un médecin fait ce qu'il peut en appuyant sur mon cœur. Découragé, il se relève. Finalement on me soulève et on m'emporte... Combien de temps suis-je resté dans le noir ? Je suis incapable de compter, incapable de parler ou faire quoi que ce soit. J'ai froid. La chaleur d'il y a un instant a disparu, le goût des myrtes aussi. Je suis étendu sur un tout petit lit dans une chambre glacée. Un bruit de serrure, une porte qui s'ouvre et la lumière revient. Une lumière bleue et agressive. On m'emmène encore jusqu'à une salle où Michel et Jackie m'attendent. Elle est en larmes, lui non. Il s'approche et se penche sur moi.

Et qu'on n'en parle plus

Il ne regarde que mes yeux. Longtemps. Il cherche à entrer en moi, comme dans ce film où l'on passe à travers les miroirs... Il vient de comprendre quelque chose. Ça sort du fond de sa mémoire. Une évidence ! Une partie de lui était morte avec moi... Il embrasse mon front. Encore un moment pour être bien certain de ce qu'il a vu et il clôt mes paupières. À cet instant je glisse à toute berzingue dans une sorte de conduit sombre. Très loin devant la même lumière bleue et agressive de mon réveil. Mais elle ne sortait pas d'une porte. Elle traversait un losange... Une partie de moi était née avec lui. Une forte secousse et je poussai un cri de silence.

Je suis né le 26 janvier 1947 à 14 heures à la clinique des Batignolles dans le 17e arrondissement de Paris. Mon premier cri fut suivi par un hurlement de ma mère. On venait juste de me présenter à elle. Une horreur ! J'étais recouvert de longs poils sur tout le corps, une espèce d'orang-outang brun... Immédiatement, elle se

Et qu'on n'en parle plus

mit à engueuler mon père. La veille, il l'avait emmenée au cinéma voir *Docteur Jekyll et Mister Hyde*. Les contractions étaient venues juste après, et forcément, pour elle, le film avait dû influencer son accouchement. Dieu merci, une fois baigné, les poils tombèrent d'eux-mêmes, et je redevins un bébé rose et un peu fripé comme tout le monde ; au grand soulagement des médecins qui n'auraient jamais pu imaginer qu'une femme ait une voix si puissante. Elle avait bien failli mettre les Batignolles sur le toit...

... À l'écran, mon père est assis sur une chaise de jardin, en col roulé noir sous son complet gris, les pieds dans une bassine. Il chante une chanson méridionale un peu ridicule. Babette entre avec le café :
— Tu ne le trouves pas très fatigué ?
— Si.
Elle me verse une grande tasse.
— Tu dormais ?
— Non, juste assoupi. J'ai passé une mauvaise nuit, je n'ai plus de cachets. Tu penseras à en acheter ?

Et qu'on n'en parle plus

— Tu en prends trop...

C'est curieux, cette fin qui ne finit rien. Elle s'est imposée d'elle-même. Elle reprend un événement en boucle, un peu comme le ferait la *coda* d'une chanson. Quatre lignes qui font rebondir la mélodie pour prolonger le contre-chant. On ne les place pas à la fin pour mieux la faire comprendre... elles sont là pour le plaisir.

Elle ressemble à ma vie, cette fin, où tout s'est passé derrière mon dos. J'ai envie de dire sans moi.

Composé par Nord Compo Multimédia
7, rue de Fives, 59650 Villeneuve-d'Ascq

Cet ouvrage
a été achevé d'imprimer
sur Roto-Page
par l'Imprimerie Floch
à Mayenne en juillet 2009.

N° d'édition : 1606/07. – N° d'impression : 74205
Dépôt légal : mai 2009.

Imprimé en France